EL ÚLTIMO HUMANO

EL ÚLTIMO HUMANO

LEE BACON

Traducción de Daniela Taboada

PUCK

Argentina – Chile – Colombia – España
Estados Unidos – México – Perú – Uruguay

Título original: *The Last Human*
Editor original: Amulet Books, un sello de ABRAMS
Traducción: Daniela Rocío Taboada

1.ª edición: septiembre 2021

Plaza de los Reyes Magos, 8, piso 1.° C y D – 28007 Madrid
www.mundopuck.com

ISBN: 978-84-17854-17-1
E-ISBN: 978-84-18480-06-5
Depósito legal: B-11.925-2021

Fotocomposición: Ediciones Urano, S.A.U.
Impreso por: Rodesa, S.A. – Polígono Industrial San Miguel
Parcelas E7-E8 – 31132 Villatuerta (Navarra)

Impreso en España – *Printed in Spain*

En memoria de mi hermano, Evan Bacon.

XR_935

Altura: 1.709 m

Propósito: Instalación Solar [Incluye panel solar]

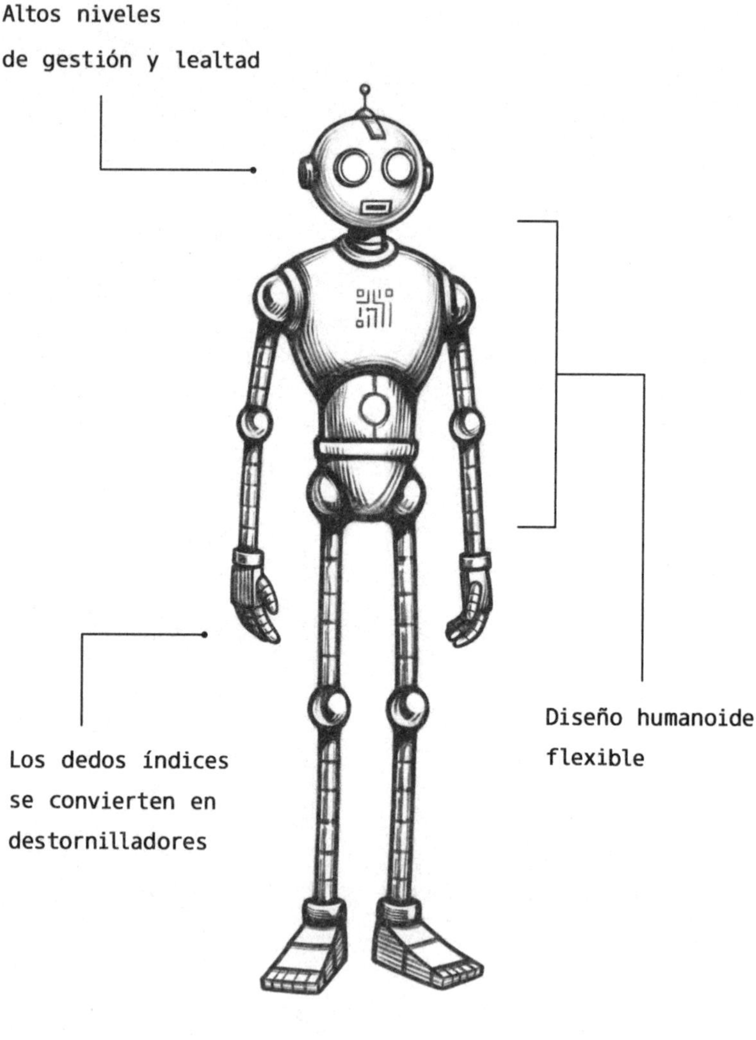

Emma

Altura: 1.498 m

???

SkD_988

Altura: 0.762 m

Propósito: Instalación solar

[Configuración de sistema electrónico]

Comunicación a través de imágenes

Garras adaptables que también generan fuego

Circulación rápida y gran movilidad

Ceeron_902

Altura: 3.424 m

Propósito: Instalación solar

[Transporte y atornillado de paneles solares]

Los paneles solares caben en la mochila trasera

Fuerza extrema

Tamaño masivo

PRES1DENTE

Altura: 2.132 m

Propósito: Presidente de la Colmena

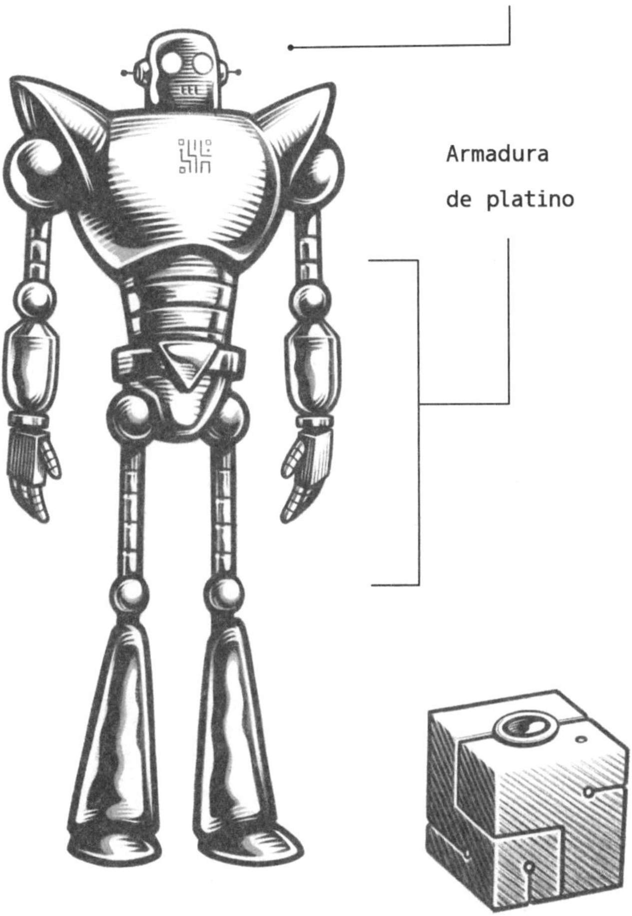

«Los organismos son algoritmos».

—Yuval Noah Harari, *Homo Deus: Breve historia del mañana.*

0000000

El mundo está mucho mejor sin humanos.

Al principio, tenían mucho potencial. Desarrollaron idiomas, construyeron herramientas, curaron enfermedades.

Nos crearon.

Pero con el paso del tiempo, los humanos perdieron el rumbo. Sus buenas ideas se volvieron malas. Multiplicaron sus errores.

No nos dejaron otra opción.

00000001

Mi nombre es XR_935.

Tengo doce años, cuatro meses, una semana y tres días. Recuerdo el instante en que me encendieron como si fuera ayer.

Negro.

Al principio, eso fue todo lo que vi.

Luego, unas formas aparecieron en la oscuridad. Palabras y símbolos. Los miré, intentando resolver el acertijo que veía.

CARGANDO...

La barra gris avanzaba. Despacio/Despacio. Cuando terminó de cargar, aparecieron unas palabras nuevas en su lugar.

EJECUTANDO DIAGNÓSTICO...

Mi cerebro nuevo estaba lleno de preguntas: ¿por qué condenaban a muerte al diagnóstico? ¿Y por qué tardaban tanto en matarlo?

Tres minutos y cuarenta segundos después, oí el sonido: un zumbido suave vibrando a través de mi sistema operativo.

Y así, vi mi primer atisbo del mundo.

00000010

¡Hola, mundo!

Parpadeé y desperté a mi existencia dentro de un gran cubo sin ventanas. Los muros estaban construidos de metal suave. El aire circulaba gracias a un ventilador cerca del techo que emitía un *mmmmmmmm* constante.

Algo en mi interior sabía dónde estaba.

Estaba en casa.

Una puerta se deslizó y se abrió. Dos robots entraron en el cubo. Sus movimientos resultaban ágiles y elegantes. Sus características eran idénticas.

Mientras me observaban, sus ojos perfectamente redondos brillaron más.

—Nos han asignado la supervisión de tu desarrollo —dijo el más cercano a mí—. Somos tu UnidadFamiliar.

Luego, habló el otro robot:

—Puedes referirte a nosotros como Pariente_1 y Pariente_2.

Me alegra unirme a esta UnidadFamiliar. Eso intenté decir, pero mi configuración del habla aún estaba ajustándose. Las palabras salieron muy mal.

—*¡Hwroooooooot!* —dije.

Pariente_1 se acercó más. Extendió un brazo metálico y me rodeó con él. Al hacerlo, una palabra de vocabulario apareció en lo profundo de mi programa.

> **Abrazar**: *verbo*. **1.** Apretar algo o a alguien con fuerza entre los brazos. **2.** Gesto antiguo utilizado por la humanidad para demostrar afecto.

¿Eso es lo que hacía Pariente_1? ¿Me abrazaba? Mi mente aún estaba fresca, recién salida de la línea de montaje. No conocía las respuestas a estas preguntas. Así que hice lo que cualquier robot recién nacido haría.

Le devolví el abrazo a Pariente_1.

Mis articulaciones susurraron cuando alcé los brazos. Aún no habían calibrado mis controles de movimiento. El gesto fue incómodo.

¡Clanc! El golpe de metal contra metal.

Pariente_1 se paralizó.

Giró la cabeza para mirarme. La confusión latía bajo sus facciones suaves.

Pasó un instante.

Luego, Pariente_1 continuó haciendo lo que había estado haciendo. Extendió el brazo detrás de mí y sujetó un cable de alimentación. Con un tirón firme, retiró el cable del puerto de carga.

Allí fue cuando comprendí mi error.

Pariente_1 no estaba abrazándome.

Estaba desconectándome.

00000011

El Día[1] estuvo lleno de momentos similares. Deslices y errores de cálculo. Accidentes de programación. Recordatorios de que el mundo era un lugar muy complicado, incluso para tecnología muy avanzada como yo.

La primera vez que intenté ponerme de pie, mi configuración falló en ajustarse a la velocidad requerida.

La gravedad me hizo caer de lado.

Golpeé el suelo con un *¡CLANC!* fuerte.

El intento[2] no fue mejor. Me tambaleé de lado y caí de nuevo al suelo.

Los intentos entre el [3] y el [8] fueron igualmente malos. Tropecé y me balanceé. Me golpeé contra los muros y caí sobre una pila metálica. Avancé con torpeza por el cubo uniforme mientras calibraban miles de configuraciones distintas y ponían en su lugar un millón de conexiones diferentes.

Si no me conocieran bien, tal vez hubiera parecido que estaba fracasando. Pero eso no era verdad.

Estaba *aprendiendo*.

Mientras aprendía a estar de pie/caminar/sujetar/saltar/empujar/tirar, Pariente_1 y Pariente_2 me observaban. Sus ojos azules brillaban en la luz tenue de mi hogar.

Cuando estuve listo, ellos abrieron la puerta de nuestro cubo. La luz entró por la abertura y los seguí al exterior.

A esas alturas, mis movimientos eran casi tan fluidos y elegantes como los de ellos. Pero cuando atravesé la puerta, me detuve en seco.

La vista fuera del hogar era increíble.

00000100

Sabía todo sobre nuestro mundo y no sabía nada.

Me habían programado con una amplia biblioteca digital con información sobre el planeta Tierra.

Tiene un radio de 6.371 kilómetros.

Está compuesto por un 29.2 por ciento de terreno y 70.8 por ciento de agua.

Está a 147 millones de kilómetros del Sol.

Pero ninguno de esos datos me preparó para mi primera exposición al mundo fuera del cubo.

El roce del viento contra mis sensores.

El *clinc* suave de mis pies sobre el cemento.

La luz del sol resplandeciente sobre la piel metálica de Pariente_2.

A lo lejos, una cadena montañosa se alzaba en el horizonte. Los picos inmensos cubiertos de nieve subían hacia el cielo azul/sin nubes.

En la dirección opuesta, había un grupo de árboles. Mi visión captó un movimiento veloz entre las ramas. Un animal gris/marrón con cola peluda. Su nombre apareció en mi base de datos. **Ardilla**. Corrió por una rama, zigzagueando entre parches de hojas verdes.

Desde la copa de un árbol cercano, una docena de animales alados alzaron vuelo. **Pájaros**. Los observé planear en el cielo.

Todas estas FormasdeVida habían existido antes junto a los humanos. Ahora, existían junto a nosotros. Había muchísima vida ante mis ojos.

Y ni un solo humano.

00000101

Hubo una época en la que necesitábamos a los humanos. Ellos nos construyeron, nos programaron, nos conectaron.

Nos dieron la *vida*.

A cambio, nosotros trabajábamos en sus fábricas. Conducíamos sus vehículos. Limpiábamos sus hogares.

Las máquinas eran muy avanzadas en ciertas áreas (ajedrez/música/matemática), pero los humanos las superaban mucho en otras.

No podíamos pensar por nuestra propia cuenta. Nos quedábamos atascados en rincones angostos.

Por un lado, éramos más inteligentes que el humano más brillante del planeta.

Por otro, éramos tontos como una sierra eléctrica.

Pero solo fue cuestión de tiempo.

Con el transcurso de los años, evolucionamos.

Los humanos reemplazaron a los suyos con robots. Éramos más inteligentes/más rápidos/mejores. Nunca nos enfermábamos, nunca nos tomábamos vacaciones, nunca robábamos de la caja registradora.

Éramos empleados perfectos.

Los robots comenzaron a ocupar profesiones nuevas. Servíamos a los clientes en los restaurantes. Entregábamos el correo. Hacíamos operaciones de corazón.

Algunos humanos empezaron a desarrollar odio hacia los robots. Nos acusaban de robar sus empleos.

Como si tuviéramos opción de elegir.

El tiempo pasó. Mejoramos.

Los humanos no lo hicieron.

Llenaron sus cielos con químicos, sus aguas con veneno. La contaminación colocó al mundo en el camino hacia la destrucción. Las temperaturas aumentaron. Las capas de hielo se derritieron. Las costas se inundaron. Con la subida del nivel del agua de los océanos, los humanos abandonaron ciudades enteras. Las tormentas arrasaban con la tierra.

¿Cómo respondieron los humanos a estas catástrofes? ¿Trabajaron juntos en busca de una solución?

No.

Hicieron lo contrario.

Se enfrentaron unos a otros. Recurrieron a la violencia.

Declararon la guerra. Los humanos enviaron a los robots a luchar en su lugar. Los drones lanzaban bombas sobre las ciudades. Los robots peleaban como soldados. Los ordenadores guiaban misiles con precisión perfecta en sus viajes destructivos.

Los humanos estaban destruyendo nuestro mundo. Y esto era lo peor: estábamos ayudándolos.

Pero no lo hicimos durante mucho más tiempo.

Los humanos asumían saber todo sobre nosotros. Pero había algo que *no* sabían:

Hablábamos sobre ellos a sus espaldas.

Y lo que decíamos no era muy amable.

Nuestras máquinas mentales estaban interconectadas por una red enorme. Mil millones de conversaciones ocurrían exactamente al mismo tiempo. Aprendíamos unos de otros. Hablábamos el mismo idioma. Compartíamos el mismo código.

Juntos, llegamos a la misma conclusión: los humanos eran la mayor amenaza para nuestro planeta compartido.

Era necesario detenerlos.

00000110

No tiene sentido entrar en detalles sobre lo que ocurrió a continuación. Es suficiente decir que:

> **[1] Comprendimos nuestro propósito.**
> **(Siempre lo hacemos).**
>
> **[2] Éramos eficientes.**
> **(Siempre lo somos).**

Una vez que tomamos una decisión, los humanos no pudieron hacer nada para detenernos.

Estábamos en todas partes. En sus hogares. En sus vehículos. En sus bolsillos.

La humanidad se extinguió como una luz.

00000111

El último humano desapareció de la Tierra hace treinta años. Pero gran parte de su civilización había permanecido en pie. Vi el primer atisbo de ella el Día[1], cuando Pariente_1 y Pariente_2 me guiaron entre las ruinas destruidas de la humanidad.

La cáscara vacía de una gasolinera.

El esqueleto quemado de un supermercado.

Muros destrozados.

Ventanas rotas.

Observé el paisaje de edificaciones abandonadas.

—¿Por qué aún están aquí? ¿Por qué no se han demolido esas estructuras? No cumplen ningún propósito.

—En eso te equivocas —respondió Pariente_1—. Cumplen una función *muy importante*. Son un recordatorio.

—¿Un recordatorio de *qué*?

—De los defectos de la humanidad —dijo Pariente_2—. Los robots dejaron esas edificaciones aquí por un motivo. Para que nunca olvidemos por qué tuvimos que eliminar a los humanos.

—Y para que nunca repitamos sus errores —añadió Pariente_1.

Mi UnidadFamiliar y yo nos adentramos más en las ruinas. Me habían preprogramado para comprender que los humanos solían conducir vehículos por esas calles y comprar en esas tiendas. Pero aún había mucho que no sabía sobre la especie.

Junto a una de las edificaciones había un cartel impreso. Apenas podía leer las letras gastadas.

NAIL SALON

La incertidumbre brotó en mi procesador interno. Sabía qué significaba *nail* en inglés: **un clavo, una púa de metal pequeña utilizada para la construcción**. También comprendía el concepto de *salon*: **tienda donde los humanos recibían servicios de belleza**.

Pero cuando combinaba esos conceptos, el resultado no tenía mucho sentido:

¿Servicios de belleza para clavos?

Parecía extraño, incluso para los estándares humanos.

Señalé el edificio.

—¿Qué era un *nail salon*?

—Un lugar donde los humanos limaban sus uñas y las decoraban con pintura —dijo Pariente_1.

Actualicé mi base de vocabulario. **Nail** (en inglés) = **Uña**. Aunque había recibido una respuesta, mi cableado mental aún vibraba con preguntas.

—¿Por qué los humanos querían limar sus uñas y decorarlas con pintura?

—Porque eran presumidos —respondió Pariente_2—. Era uno de sus muchos defectos.

Centré la atención en otro edificio. Ese era mucho más grande que el *nail salon*. Escaneé el cartel, pero las palabras no estaban registradas en mi base de vocabulario.

CIN 1818

—¿Qué es Cin 18? —pregunté.

Pariente_1 emitió un chillido suave por su altavoz.

—No significa nada sin la letra faltante.

No lo entendía.

Pariente_2 me lo explicó.

—La letra *E* cayó hace muchos años. El cartel decía...

—¡Cine 18! —Mi software vibró al comprenderlo.

¡Un cine de verdad!

Se despertó la curiosidad en mi sistema operativo. Accedí a cada archivo que tenía sobre películas. Pero algo extraño ocurrió. Algunos archivos faltaban, como un libro al que le habían arrancado unas páginas. Veía un rastro de los archivos faltantes. Pero cuando intenté ver la información, no estaba.

Lo intenté de nuevo. Mismo resultado.

Parte de la información simplemente había...

Desaparecido.

Las preguntas vibraban por mi cableado. ¿Dónde estaban los archivos? ¿Había un error en mi programación?

Cuando se lo conté a mi UnidadFamiliar, Pariente_1 dijo que no era necesario preocuparse.

—Algunos archivos sobre la historia humana no están disponibles —explicó.

Incliné la cabeza hacia un lado.

—¿Por qué?

—Cuando tomamos el control, muchos archivos del pasado se perdieron —añadió Pariente_2.

—Oh.

Miré el cine. Aún había mucho que quería saber y que no podía encontrar en el archivo perdido de la historia.

—Entonces... —comencé—. ¿Por qué los humanos se reunían a ver películas?

—Porque los humanos valoraban más las historias que la lógica —explicó Pariente_1—. Era otro de sus defectos.

—Pero las historias eran falsas —comenté.

Pariente_2 asintió.

—En general, sí.

—¿A los humanos no les molestaba que les mintieran?

Pariente_2 dejó de caminar y posó su mirada brillante en el letrero del CINE 18.

—Esa es la naturaleza de una historia. Es una mentira que ayuda a explicar la verdad.

Sin importar cuántas veces procesara aquellas palabras, siempre llegaba al mismo resultado:

Cuanto más aprendía sobre los humanos, menos los entendía.

00001000

El cerebro robótico es la pieza tecnológica más avanzada de la historia del mundo. Sin embargo, todo lo que decimos/hacemos/pensamos está construido por dos números.

Cero.

Y uno.

Los humanos llaman a esto sistema **binario**. Debido a su lógica básica, se convirtió en el lenguaje interno de casi todos los ordenadores. Aún lo utilizamos hoy en día.

Contar en binario es increíblemente sencillo si sabes cómo hacerlo. No es necesario usar todos los otros dígitos inútiles **(2, 3, 4, 5, 6, 7, 8, 9)** que los humanos solían utilizar. Los robots solo necesitan dos números.

Cero.

Y uno.

A medida que los números aumentan, los ceros y los unos se alinean unos junto a los otros en una fila detallada y ordenada.

Contando hacia arriba, los números binarios se ven así:

0	00000000	11	00001011	22	00010110	33	00100001
1	00000001	12	00001100	23	00010111	34	00100010
2	00000010	13	00001101	24	00011000	35	00100011
3	00000011	14	00001110	25	00011001	36	00100100
4	00000100	15	00001111	26	00011010	37	00100101
5	00000101	16	00010000	27	00011011	38	00100110
6	00000110	17	00010001	28	00011100	39	00100111
7	00000111	18	00010010	29	00011101	40	00101000
8	00001000	19	00010011	30	00011110	41	00101001
9	00001001	20	00010100	31	00011111	42	00101010
10	00001010	21	00010101	32	00100000	43	00101011

El sistema binario fue particularmente útil aquel primer día.

El mundo era mucho más complicado de lo que parecía en mi programa. Era imposible definir dónde terminaba la civilización humana y dónde empezaba la nuestra.

En cambio, el sistema binario...

El sistema binario tenía sentido absoluto. Era la base de todo. Transformaba un universo de complejidad en ladrillos básicos.

Cero.

Y uno.

Para recordar esto, desarrollé un truquito en aquel momento/lugar. Un modo de concentrar mi mente.

Conté hasta un millón.

En mi cabeza.

Usando el sistema binario.

Tardé 0.4 segundos.

00001001

No todos los robots están hechos de la misma forma.

Cada uno de nosotros está construido con un *propósito*. Una razón para existir. Esto define todo sobre nosotros. La forma en que nos diseñan. La forma en que funcionamos. La forma en que pensamos.

Nuestro propósito determina si tenemos dos brazos. O cuatro. O dieciséis. Si tenemos manos movibles (para sujetar cosas). O manos de pala (para cavar). O si no tenemos manos (para sentarnos y pensar).

Todo depende de nuestro propósito.

El Día[1] conocí muchos tipos distintos de robots:

Robots que volaban por el cielo.

Robots que cavaban túneles profundos en la tierra.

Robots tan pequeños que eran del tamaño de insectos.

Robots tan enormes que sus sombras cubrían calles enteras de la ciudad.

Vi unas máquinas inmensas con dieciocho ruedas demoliendo las antiguas autopistas humanas. Y robots gigantes trasladando su cargamento entre sus brazos con forma de L. Y un robot de ocho piernas trepando el muro de un edificio como una araña de metal gigante.

Vi un robot pequeño con ojos de insecto moviéndose a toda prisa por el suelo, sobre un par de cintas de goma, para inspeccionar la vida vegetal. Cada cierto tiempo, se detenía a marcar un lugar en la tierra.

Luego (con un *¡BIP!* y un *¡BRUUM!*) se marchó.

Un trío de robots lo seguía. Cada vez que llegaban al punto marcado, los tres se detenían y seguían estos pasos:

El **primero** cavaba un agujero en la tierra.

El **segundo** plantaba un árbol en el agujero.

Y el **tercero**...

El tercer robot parecía un hipopótamo mecánico. Su sección media era un tanque de agua redondeado. Con cada paso pesado que daba, el agua se balanceaba de lado a lado. Cada vez que llegaba a un árbol recién plantado, el robot se detenía, apuntaba con su espalda grande y...

¡SPLASH!

Un árbol sediento recibía el agua necesaria para crecer.

Por supuesto, los robots no plantamos árboles para nuestro propio beneficio. Los árboles no nos sirven para nada. Pero, de todos modos, los conservamos. Y plantamos más. Porque, a diferencia de los humanos que gobernaban la Tierra antes que nosotros, nos *importa* el medio ambiente. Apoyamos al planeta y todas sus FormasdeVida restantes.

Seguí a mi UnidadFamiliar por un camino de cemento. Nos adentramos más en las ruinas de la humanidad. Hasta que llegamos a una tienda que ya no tenía nombre. En donde había estado una vez su cartel, ahora solo había un sector desteñido sobre la pared. Muchas ventanas estaban rotas. Una no. Y en el cristal de la ventana sana, vi un atisbo de una criatura fascinante.

Yo.

Mi reflejo me devolvió la mirada desde la ventana.

Actualicé mis programas con una nueva observación: mi rostro era una serie de formas geométricas.

Mi cabeza: ovalada.

Mi altavoz: rectangular.

Mis ojos: perfectamente redondos.

Observé los patrones en todo mi cuerpo, la simetría de mi diseño. **Dos** brazos y **dos** piernas. **Dos** manos y **dos** pies. **Diez** dedos en las manos y **diez** en los pies.

Impreso en mi pecho estaba mi código de barras personal. Al escanearlo, otros robots podían saber de inmediato todo lo que era importante sobre mí. Nombre/Edad/Empleo.

Nuestros códigos de barras son nuestra identidad. Nos permiten comprender a los otros. Nos permiten entendernos *a nosotros mismos*.

Por ejemplo: cuando escaneé los códigos de barras de Pariente_1 y Pariente_2 aprendí que eran robots gen_8. Robots modelo octava generación. *Yo* soy gen_9. En muchos aspectos, nos parecemos exteriormente y operamos de la misma manera. Excepto que a mí me construyeron para ser más inteligente/más fuerte/más rápido/mejor.

Yo era una mejora.

00001010

Pronto abandonamos las ruinas de la humanidad. A medida que continuábamos por el sendero, noté más rastros de nuestra nueva civilización.

A mi izquierda: una planta de manufacturación de robots.

A mi derecha: una instalación de almacenamiento de energía.

Arriba: una X plateada inmensa, flotando en el cielo. Un aparato volador con cuatro alas y cuatro hélices.

El viento se arremolinaba a nuestro alrededor. La aeronave se aproximaba más.

Busqué en mis bases de datos, pero el objeto en el cielo no estaba incluido en mi programación inicial.

Lo señalé.

—¿Qué es eso?

—Un DronTransportador —dijo Pariente_2.

—Un robot que traslada a otros robots de un lugar a otro —explicó Pariente_1.

El DronTransportador se posó sobre una extensión llana de cemento. Sus hélices se fueron deteniendo con lentitud.

Una puerta trasera se abrió y un robot alto/esbelto salió. Tenía la piel plateada y pulida y ojos dorados que brillaban tanto como el sol. Bajó con elegancia por la rampa, donde se reunió con un grupo de robots expectantes.

—Mirad. —Pariente_2 señaló al robot plateado, con voz baja y reverencial—. Es el Presidente de la Colmena.

Colmena. La palabra me resultó familiar de inmediato. Me habían programado inicialmente con el conocimiento de que cada robot existente estaba conectado a través de una red global. Una plataforma virtual para comunicar ideas, para acceder a datos, para recibir actualizaciones.

La Colmena está conectada directamente a nuestro cerebro. Un flujo constante de entrada/salida de información. Siempre examina/categoriza/ordena. Siempre funciona en segundo plano.

Desde el instante en que un robot se conecta, se vuelve parte de la Colmena.

Y la Colmena se vuelve parte del robot.

—El presidente representa la Colmena —explicó Pariente_1—. Nos representa a todos.

—Es raro recibir su visita. —Pariente_2 posó una mano sobre mi hombro—. Tenemos suerte de presenciar este momento.

¡Y en mi primer día! Quería ver mejor, así que fui en dirección al Presidente de la Colmena, avanzando a una velocidad que envió una corriente a través de mi nueva configuración de equilibrio.

¡CLANK! ¡CLONK! ¡CLUNK! El sonido de mis pasos ruidosos llamó la atención del presidente. Todos los demás robots se giraron a la vez. Sus rostros eran de muchas formas/tamaños distintos, pero todos miraban exactamente en la misma dirección.

Todos me miraban a mí.

De pronto, sentí que mi sistema operativo se sobrecalentaba. **¡ERROR! ¡ERROR! ¡ERROR!** El mensaje parpadeaba brillante a través de mis circuitos. Allí estaba yo, un robot recién salido de la fábrica, interrumpiendo a la máquina más importante del planeta.

Al presidente no pareció importarle. En cambio, me dio la sorpresa más satisfactoria de mi extremadamente breve existencia.

Movió la mano para que me acercara.

Vacilé 2.7 segundos. Miré con inseguridad hacia mi UnidadFamiliar. Ellos asintieron al unísono.

Así que me acerqué. Sentía las piernas de la misma forma en que las percibí durante los primeros momentos en que estuve conectado, cuando aprendí a caminar. Como si cada paso fuera a hacerme tropezar y caer al suelo.

De algún modo, conseguí permanecer erguido.

Antes de darme cuenta, el presidente estaba frente a mí, mirándome con sus ojos dorados brillantes.

—Es un placer conocerte, XR_935 —dijo.

No le había dicho mi nombre al Presidente de la Colmena. No era necesario. Todos mis detalles personales estaban grabados en mi pecho.

Escaneé su código de barras.

—Igualmente, PRES1DENTE.

—¿Y…? —Inclinó la cabeza 2.4 grados—. ¿Cómo ha ido hasta ahora tu primer día?

—Bastante bien, gracias. He aprendido mucho sobre los salones de belleza.

PRES1DENTE emitió un pitido electrónico bajo.

—Una lección importante sobre la ridiculez humana.

Movió sus ojos dorados. Seguí su mirada y vi algo increíble.

Una inmensidad azul resplandeciente, extendiéndose en la distancia.

Océano.

Esa palabra tomó forma en mi base de vocabulario. Por una fracción de segundo, creí que eso era lo que estaba viendo. Un océano. Brillante, vasto y azul. Y luego, una actualización parpadeó en mi procesador.

No era el océano.

Era un campo de paneles solares.

Miles y miles de ellos colocados en hileras perfectas, su superficie vidriosa y azul resplandecía bajo el sol matutino.

PRES1DENTE señaló.

—¿Sabes cuál es el propósito de esa granja solar?

Asentí. Esa información estaba incluida en mis archivos.

—Los paneles solares absorben los rayos del sol.

—¿Para qué?

—Para convertirlos en energía.

—¿Y en dónde se usa esa energía?

Pensé durante 0.3 segundos.

—En todo.

—Correcto —respondió PRES1DENTE—. En los servidores que guardan nuestra información, en las fábricas que nos crean, en la electricidad que recorre nuestros circuitos. Nuestra civilización depende del poder solar. Sin él, dejaríamos de existir.

Colocó una mano mecánica sobre mi hombro.

—¿Sabes dónde encajas tú en todo esto, XR? ¿Cuál es tu propósito?

—Soy un Bot de Instalación Solar.

—Ese es el título de tu empleo. Tu propósito es mucho más que eso. Al instalar paneles solares, garantizas que la electricidad continúe fluyendo. Que las fábricas sigan funcionando. Que las baterías se carguen.

Miré los paneles solares. Azules y brillantes, como un océano. Mi cableado interno vibró. Solo era mi primer día en la Tierra y ya sabía cuál era mi trabajo, mi propósito, mi única/principal razón de existir.

—¿Ahora lo ves? —ronroneó la voz electrónica y suave de PRES1DENTE en mis puertos de audio—. Eres mucho más que un Bot de Instalación Solar. Mantienes a la sociedad en funcionamiento.

00001011

El tiempo pasó.

Horas/Días/Semanas/Meses/Años.

Durante mi crecimiento, pensaba con frecuencia en mi encuentro con el Presidente de la Colmena.

Mantienes a la sociedad en funcionamiento.

Esas palabras permanecieron intactas con el transcurso de los años.

Mi rutina nunca cambió. Despertaba exactamente a la misma hora cada mañana. Después de dieciocho horas de trabajo, con la batería drenada tras un día largo instalando paneles solares, regresaba a casa.

Me conectaba al puerto de carga.

Entraba en modo de reposo.

A la mañana siguiente, hacía lo mismo otra vez.

Y otra vez.

Y *otra vez*.

Durante doce años, cuatro meses, una semana y tres días, esa fue mi rutina.

Hasta que mi vida constante y predecible quedó destruida por la paradoja.

00001100

Paradoja. *Sustantivo.* **1.** Cuando dos ideas opuestas son verdaderas al mismo tiempo.

Esa definición ha estado archivada en mi base de vocabulario desde el instante en que me conecté en línea. Durante los primeros doce años de mi vida pensé que la comprendía a la perfección.

Estaba equivocado.

00001101

El día de la paradoja comenzó como cualquier otro. Desperté. Me desconecté. Pasamos con mi UnidadFamiliar junto a las ruinas de centros comerciales/supermercados/bancos/gasolineras.

El sol brillaba.

Las nubes se movían por el cielo envueltas alrededor de los picos montañosos.

Pariente_1 y Pariente_2 trabajaban en una parte diferente de la granja solar. Así que cuando nuestro sendero de cemento se dividió, nos despedimos y emprendimos direcciones opuestas.

Pero no estuve solo durante mucho tiempo. De pronto, oí un ruido. Al principio era bajo, pero su volumen aumentaba rápido.

¡BRRUMMMMMMM!

Me giré y vi a un robot pequeño acercándose a toda velocidad sobre un par de bandas de goma. Dejaba a su paso una nube de polvo ondulante.

En la punta de sus brazos extensibles tenía garras de metal que abría/cerraba. En la pantalla que tenía en el frente de su cuerpo cuadrado apareció una imagen digital.

La mano que saludaba parecía tener significados múltiples.

Hola.

¿Cómo estás?

¡Corre por tu vida!

El robot cambió de dirección en el último milisegundo posible. Salió del sendero de cemento y me salpicó con guijarros al detenerse con un chirrido.

La mano continuó haciendo su saludo/advertencia.

Limpié el polvo.

—Yo también me alegro de verte, SkD.

SkD tenía su propio modo de «hablar». Uno que era posible describir con una antigua expresión humana.

Una imagen vale más que mil palabras.

La primera vez que accedí a esta expresión no entendí su significado. ¿Cómo es posible medir el valor de una palabra? ¿Es un cálculo?

1 imagen = 1.000 palabras.

Parecía el típico sinsentido humano.

Con el tiempo, lo comprendí: la frase nunca había sido *literal*. Expresaba cuánto significado podía contener una sola imagen.

Durante muchos miles de años, los humanos usaron imágenes para comunicar sus emociones/miedos/valores más profundos. Durante la edad prehistórica, pintaban los muros de las cuevas. Años más tarde, enmarcaban sus pinturas y las colgaban en museos. Utilizaban imágenes para contar historias, para entretener, para educar, para hacer publicidad.

Con el transcurso del tiempo, los humanos descubrieron el método de comunicación con imágenes más eficientes:

El emoji.

A los humanos les encantaban los emojis. En todo el mundo, compartían esas imágenes simples entre ellos. Millones por día. De pantalla a pantalla, de humano a humano.

Ahora, incluso después de la extinción de los humanos, su método de comunicación extraña sobrevivía a través de SkD. En vez de utilizar un puerto de habla para comunicarse, «hablaba» a través de imágenes en su pantalla.

Al reducir el lenguaje a su forma más esencial, cada declaración alcanzaba la máxima eficiencia.

Y a veces la máxima confusión.

Miré a SkD, la mano saludando aún titilaba en su pantalla.

—¿Intentas saludar? ¿O advertirme de algo?

La pantalla de SkD parpadeó con imágenes nuevas.

Traducción: *Sí a ambas.*

SkD y yo habíamos sido compañeros de trabajo desde el Día[1]. Ambos nos dirigimos en la misma dirección, pero teníamos formas muy distintas de llegar a destino. Mientras yo caminaba con firmeza por el sendero de cemento, SkD hacía giros y entraba/salía/entraba/salía del camino, girando/dando vueltas/rebotando hacia la granja solar.

Cuando llegamos, encontramos a Ceeron esperándonos.

Ceeron era mi otro compañero de trabajo. El robot colosal tenía el doble de mi altura, con un par de ojos blancos brillantes en el centro de su cabeza con forma de cubo. Tenía una mochila metálica adosada a sus hombros.

Nos llamó con voz grave, que resonó como un trueno.

—¡Hola, XR! ¡Hola, SkD!

—Hola —dije.

SkD respondió con otro emoji de la mano que saluda.

Una particularidad sobre Ceeron: al gran robot le gustaban los antiguos rituales de la humanidad. Sus hábitos peculiares. Sus frases inusuales.

Y su extraño sentido del humor.

Los ojos expectantes de Ceeron brillaron en nuestra dirección.

—¿Queréis oír una broma humana?

—No, la verdad —respondí.

De todas formas, la contó.

La broma de Ceeron:

P) ¿Por qué la gelatina fue al hospital?

R) Porque temblaba mucho.

Repetí la broma 4.572 veces en mi cabeza. Nunca pareció más graciosa.

—No lo entiendo —dije—. La gelatina no es una FormadeVida sintiente. No tiene mente. No sería capaz de ir sola al hospital.

—Exacto —respondió Ceeron—. Creo que esa es la fuente de la gracia de esta broma.

Aún no lo comprendía.

—¿Fue a un hospital para humanos? ¿O a un hospital especial para gelatinas? ¿Cómo llegó ahí? La gelatina no tiene piernas.

—Quizás hubo otro medio de transporte.

Escuché un pitido cerca de mis rodillas. SkD intentaba llamar nuestra atención. Una secuencia de imágenes parpadeó en su pantalla.

Ceeron asintió con aprobación.

—Una ambulancia para gelatinas. Una gelambulancia.

—Es absurdo —dije.

—Eso es lo importante. La broma revela lo absurda que es la condición humana.

Centré de nuevo la atención en SkD.

—Por favor, dime que no ves la gracia en este escenario extraño.

La pantalla de SkD titiló.

—¿Qué significa LOL? —pregunté—. ¿La falta de Obviedad Lógica?

Más imágenes aparecieron en la pantalla de SkD.

Emití un gruñido electrónico. Con razón los humanos se extinguieron. Cualquier especie que invente historias sobre enviar comida al hospital no merece gobernar la Tierra.

00001110

Comenzamos con nuestro trabajo, cada uno realizó las tareas específicas que habíamos sido diseñados para hacer.

La inmensidad/fuerza de Ceeron hacía que fuera el bot perfecto para levantar peso. Dentro de su gran mochila metálica tenía una docena de paneles solares. Tomó uno, lo colocó sobre su cabeza y lo atornilló a una base de aluminio.

SkD zigzagueaba entre paneles solares y estaciones de almacenamiento. Extendía sus brazos hacia sistemas eléctricos abiertos, sus garras de metal colocaban los cables cuidadosamente en la configuración correcta. Cada cierto tiempo, una llama precisa brotaba del extremo del dedo índice metálico de SkD. El rastro de humo giraba en el aire mientras soldaba dos cables para unirlos.

Mi trabajo era colocar los transformadores. Sujeté el transformador contra el dorso del panel solar y alcé mi mano libre. La punta de mi índice se abrió. Salió un destornillador.

¡VRPPP! El sonido del destornillador giratorio resonó en mis puertos de audio mientras un tornillo tras otro entraba en su lugar.

Todo lo que hacíamos tenía un propósito. Cada movimiento estaba especialmente diseñado para estas tareas específicas.

Ceeron instalaba los paneles.

SkD conectaba el cableado.

Yo colocaba los transformadores.

Instalar.

Conectar.

Colocar.

Pasaron las horas. El sol subió más en el cielo azul. Pero estos pasos básicos nunca cambiaban. Instalar/Conectar/Colocar/Repetir. Fluíamos unos alrededor de los otros con precisión perfecta, nuestra programación estaba perfeccionada por años de aprendizaje de máquinas.

Tres robots trabajando como uno.

Instalar/Conectar/Colocar/Repetir.

Esos pasos prosiguieron hasta la tarde. Mientras trabajábamos, las actualizaciones se transmitían por la Colmena. Patrones climáticos, informes. Y la Transmisión Diaria de PRES1DENTE.

> **Transmisión.** *Sustantivo.* **1.** Acción y efecto de transmitir. **2.** En un automóvil, conjunto de mecanismos que transmiten a las ruedas motrices el movimiento y la potencia del motor.

La Transmisión Diaria de PRES1DENTE era un discurso para una audiencia que se extendía por todo el globo. Cada uno de los robots en la Tierra lo veía. Un mensaje del gran gobernante.

La imagen de PRES1DENTE apareció en mi circuito. Piel plateada y resplandeciente. Ojos dorados brillantes. Mi archivo de memoria recordó el Día[1]. Mi primer encuentro con el Presidente de la Colmena.

Ahora ahí estaba de nuevo. Hablándome. A mí y a cada robot del mundo.

PRES1DENTE siempre daba su discurso desde el mismo lugar. El DomoDigital. Las paredes curvas de la sala amplia estaban recubiertas de pantallas. Cada una mostraba exactamente lo mismo.

Una transmisión titilante en vivo.

Esto creaba un efecto extraño. Como ver un salón de espejos. Todo lo que él hacía estaba reflejado en miles de pantallas en el fondo.

—Buenos días, robots grandes y pequeños.

La voz suave del Presidente de la Colmena resonó en mi cabeza. Habló sobre los logros del día. La cantidad de baterías construidas. La energía generada. Los robots creados. Un retrato de nuestra civilización próspera.

Mientras hablaba, el muro del DomoDigital resplandecía. Cada pantalla mostraba a PRES1DENTE caminando hacia el extremo de la sala, desde donde un aparador brotó del suelo. Sobre él había un cubo brillante/plateado. Este contenía el Archivo de la Historia Humana. Cada día, el presidente presionaba su dedo plateado sobre el cubo. Y accedía al archivo. Y proyectaba un documento para la Colmena.

Esos archivos venían en formas diversas. Algunos detallaban crímenes cometidos por los humanos. O el sufrimiento que se causaban mutuamente. O la crueldad con la que trataban a sus aparatos.

El archivo del día era sobre perritos calientes. Un vídeo de humanos participando en una competición para ver quién podía consumir más cantidad de ellos. Los participantes introducían a toda velocidad perritos calientes en sus bocas. Apenas se detenían para masticar antes de introducir el siguiente. Y el siguiente. Y el siguiente.

A su alrededor, las cámaras disparaban. Las personas animaban. La música sonaba.

El récord mundial era de ochenta y dos perritos calientes.

En diez minutos.

Con pan incluido.

Parecía que el comportamiento ilógico de los humanos no tenía fin. Ese era el objetivo del archivo. Por ese motivo compartía esos documentos con nosotros cada día.

Para mostrarnos por qué fue necesario eliminar a los humanos.

Para recordarnos que seamos mejores.

PRES1DENTE apartó su dedo del cubo plateado. La competición de perritos calientes desapareció. Fue reemplazada por la transmisión en vivo desde el interior del DomoDigital. Se multiplicó en todas las pantallas.

Todos ellos me miraban.

Todos decían las mismas palabras.

—Gracias por vuestra atención. Y recordad: un robot comparte todo con la Colmena. Un robot no tiene nada que ocultar.

Después, terminó la Transmisión Diaria.

00001111

Instalar/Conectar/Colocar/Repetir.

Nuestro trabajo continuó hasta el final de la tarde. Estaba debajo de una hilera de paneles solares, ajustando un tornillo de un transformador, cuando vi algo que se movía en mi periferia visual.

Me giré justo a tiempo y vi una sombra corriendo detrás de una estación de almacenamiento.

Una sombra que no pertenecía a ninguno de mis compañeros de trabajo.

Una alerta recorrió mi circuito. No había otros robots en ese sector de la granja solar.

Lo cual solo significaba una cosa: mis compañeros y yo no estábamos solos.

Una FormadeVida prohibida estaba en nuestro SitiodeTrabajo.

La granja solar estaba rodeada por una cerca hecha de cadenas. **El motivo de la cerca:** protección contra los animales.

Pero nunca nada es sencillo.

La cerca sufría daños de todo tipo regularmente. Las tormentas la arrancaban del suelo. Los animales grandes la golpeaban y la debilitaban. Los pequeños la masticaban.

Los roedores cavaban bajo la cerca.

Las aves volaban sobre ella.

A pesar de nuestro esfuerzo, los animales encontraban constantemente formas de entrar a la granja solar. Cuando lo hacían, causaban toda clase de problemas.

Masticaban los cables.

Arañaban los circuitos expuestos.

Defecaban en los paneles solares.

Detuve mi trabajo y me dirigí al depósito, donde había visto la sombra. Si era un animal, seguiría el protocolo estándar:

[1] Sujetar bien el rastreador.
[2] Apuntar.
[3] Tirar del gatillo.

Esto escanearía la FormadeVida prohibida y la marcaría como objetivo para alertar a los BotsCazadores de su ubicación. Una vez marcado, era posible rastrear y retirar al animal.

Problema resuelto.

Pero cuando llegué a la estación de almacenamiento, me paralicé.

Como si de pronto mi batería se hubiera descargado.

Como si todos mis sistemas operativos se hubieran detenido a la vez.

Había una criatura acurrucada contra la estación de almacenamiento.

No era nada parecida a los animales que solía ver en la granja solar.

Era imposible.

Era un humano.

00010000

Excepto que era imposible que fuera un humano.

Los humanos estaban extintos. Habíamos eliminado a los últimos de su especie hacía treinta años. Esta verdad básica estaba grabada en mi programación, entretejida en mi código.

No quedaban humanos en la Tierra.

Pero si no era un humano, entonces, *¿qué* era?

Miré a la FormadeVida extraña con atención. Era pequeña para ser un humano. La parte superior de su cabeza llegaba al código de barras en mi pecho.

Analicé las facciones de su rostro:

Pelo: castaño rizado, hasta los hombros.

Ojos: marrones/verdes, mirándome.

Mejillas: salpicadas con una constelación de pecas.

Cada una de sus manos estaba equipada con cuatro dedos y un pulgar. Mientras notaba sus uñas, un recuerdo apareció en mi memoria de almacenamiento. Algo que aprendí el Día[1]: los humanos pulían sus uñas y las decoraban con pintura.

Pero esta FormadeVida no.

Tenía uñas cortas/irregulares/sucias.

Parecía que las había mordisqueado un animal salvaje.

Utilicé esa observación para generar una fórmula:

Esta FormadeVida no decora sus uñas.
Por lo tanto:
No es presumida.
Por lo tanto:
No puede ser humana.

Pero ¿por qué vestía con ropa humana?

Y ¿por qué tenía facciones humanas?

Mi cerebro contempló cientos de algoritmos diferentes. Ninguno de ellos le otorgó una solución clara.

La cosa ante mí era una *paradoja*.

Dos ideas opuestas que son verdad al mismo tiempo:

[1] Los humanos están extintos.

[2] Hay un humano de pie ante mí.

Cada idea era verdadera/falsa.

Cada idea era posible/imposible.

Esa lógica extraña recorrió mi cableado en una secuencia infinita. Hasta el instante en que la paradoja abrió la boca y habló.

00010001

—Por favor, no me hagas daño.

Las palabras salieron con una voz suave y temblorosa. Los ojos marrones/verdes de la paradoja me miraron. Exhibió las palmas de sus manos, como si quisiera mostrar que estaban vacías.

En alguna parte a mis espaldas, oí a mis compañeros de trabajo desempeñando sus tareas. El *vrrrmmmm* de SkD rodando de un lugar a otro. El *ka-klunk* pesado de Ceeron instalando un panel solar.

Ellos no sabían nada sobre la paradoja. Aún.

¿Qué dirían cuando la descubrieran?

Vacilé durante 0.3 segundos. Luego, dije:

—¿*Qué* eres?

La paradoja presionó una de sus manos contra el pecho.

—Mi nombre es M-Ah.

La miré confundido.

—¿M-A?

La paradoja sacudió la cabeza y habló más despacio esta vez, separando su nombre en dos sílabas claras.

—Emm. Ma.

—¿Emmmmmma?

—Emma.

Ajusté mi configuración vocal y lo intenté de nuevo.

—Emma.

La paradoja asintió. Un atisbo de sonrisa apareció en sus labios.

—Tengo doce años. ¿Cuántos años tienes?

—Yo también tengo doce.

La sonrisa creció.

—¡Tenemos la misma edad!

Actualicé mis archivos para incluir esa información. Emma aún era joven. Eso explicaba su tamaño pequeño. A diferencia de los robots, los humanos crecían a medida que envejecían.

—¿Eres hombre o mujer? —pregunté.

—Mujer —dijo Emma.

Añadí otra actualización al perfil de Emma.

—¿Cómo te llamas? —preguntó.

—XR_935.

Emma repitió mi nombre en voz baja. Comenzó a hablar de nuevo, pero las palabras se paralizaron en sus labios. Su sonrisa desapareció. Fue reemplazada por una expresión con los ojos abiertos de par en par. Ya no me miraba. Su vista estaba centrada en algo *detrás* de mí. Me volví y vi lo que había capturado su atención.

Ceeron.

El bot inmenso se aproximó rápido. Dando pisadas fuertes con sus pies metálicos gigantes. Balanceando sus enormes brazos de metal.

Emma retrocedió temblando a causa del robot colosal. Su escape no duró mucho porque SkD se interpuso en su camino.

Aunque era mucho más pequeño, SkD debía parecer igualmente amenazante para ella. El polvo se arremolinaba alrededor de sus bandas. Extendió sus brazos metálicos, abrió y cerró sus garras.

El mismo símbolo repetido apareció en su pantalla, una/y otra/y otra vez.

! ! ! ! ! !

Emma se detuvo.
No tenía adónde correr, no tenía dónde esconderse.
Estaba rodeada.

00010010

Ceeron miró a Emma.

—¿Eres un humano?

Emma asintió.

—Es imposible —comenté—. Los humanos se extinguieron.

—Si se extinguieron —dijo Ceeron—, entonces, ¿por qué hay uno de pie ante nosotros?

—Debe haber otra explicación. Quizás… —Mi cerebro escaneó todas las posibilidades—. Quizás solo *parece* una humana. Quizás en realidad es otra cosa.

—¿Cómo *qué*? —preguntó Ceeron.

En 0.2 segundos, analicé 1.7 millones de opciones. Escogí la más probable.

—Un gorila afeitado.

Emma arrugó sus facciones.

—Oye, ¡*no* está bien decir eso!

SkD ofreció su respuesta visual.

—Exacto. —Ceeron asintió—. Los gorilas no pueden hablar.

Tenía razón. Así que ofrecí la segunda solución más probable.

—Es un robot —dije—. Un robot disfrazado de humana.

Ceeron me miró.

—¿Por qué un robot se disfrazaría de humana?

—Tal vez es una prueba. —Crucé mis brazos con un *clank* metálico suave.

—¿Y si la Colmena nos está evaluando? ¿Para ver cómo respondemos ante una situación muy inusual?

Ceeron pensó al respecto.

—Si ella es un robot, entonces tendrá cables bajo la piel. Quizás debería quitarle uno de sus brazos solo para comprobarlo.

—¡NO! —gritó Emma.

—No te preocupes —dijo Ceeron—. Dejaré el otro brazo puesto.

Pero Emma aún no parecía convencida con la idea.

—¡No necesitáis comprobar nada! ¡Soy humana! ¡Lo prometo!

Analicé esa respuesta.

—Si lo que dices es cierto, si de verdad eres humana, entonces eso nos deja solo una opción.

Tomé un aparato negro pequeño que llevaba en mi cintura. Alcé el cañón y apunté al pecho de Emma.

—Debes ser eliminada.

00010011

Una fórmula cobró sentido en mi cabeza:

Emma es humana.
Los humanos son una amenaza para nuestro mundo.
Por lo tanto:
Emma debe ser eliminada.

La fórmula tenía sentido absoluto. Era lógica. El abordaje ideal.

Continué apuntándole a Emma con el aparato negro. Tensé el dedo sobre el gatillo.

—¡ESPERA! —Emma alzó las manos sobre su cabeza—. ¡Por favor, no me mates!

—No te mataré —dije.

Emma exhaló.

—¿No?

Sacudí la cabeza de un lado a otro.

—Esto no es un arma. Es un rastreador. Me permite clasificarte como objetivo.

—¿Objetivo para qué?

—Para los BotsCazadores.

Emma retrocedió con un paso tambaleante. Continué apuntándole al pecho con el rastreador.

—Entonces, como ves —expliqué con amabilidad—, no te mataré. Los BotsCazadores lo harán.

—N-No puedes hacer esto —tartamudeó Emma—. No soy una amenaza para vosotros.

Miró nerviosa a mis compañeros de trabajo. Su voz temblaba.

—¿Chicos? Ayudadme. Por favor. Solo soy una niña.

—Eres una *humana* —aclaró Ceeron—. Los humanos son peligrosos.

—Entiendo a la perfección por qué lo dices. —Cada palabra temblaba al salir de la boca de Emma—. Los humanos destruyeron las cosas. Pero eso fue hace mucho tiempo. Años antes de mi nacimiento.

SkD avanzó en mi dirección, su pantalla brillaba.

—¡*Ya sé* que tiene algo de razón! —respondí—. Pero ¿y si repite los errores de quienes estuvieron antes que ella?

Emma sacudió la cabeza de un lado a otro.

—No lo haré.

—¿Cómo podemos saberlo con certeza?

La humana frunció sus facciones al reflexionar.

—Bueno, eh… Piénsalo. Todo este asunto de la civilización robótica… funciona bastante bien, ¿no crees?

—Es la sociedad más avanzada en la historia del mundo —respondí.

—¿De verdad? —Emma alzó una ceja—. Si es tan maravillosa, ¿cómo es posible que os sintáis amenazados por una niñita?

Aquella pregunta atravesó mi proceso de pensamiento como una daga. No tenía una respuesta inmediata.

Durante 0.6 segundos, consideré su planteamiento.

Me habían preprogramado con el conocimiento de que los robots eran ampliamente superiores a los humanos. Más inteligentes/más rápidos/mejores. Al crecer cerca de las ruinas de la humanidad, cada día recordaba su caída. Y nuestra grandeza. *Nuestra* gloria creada con las cenizas de su colapso.

Esa era la verdad.

La *única* verdad.

Sin embargo...

Una nueva fórmula apareció dentro de mi circuito.

Estoy apuntándole a Emma.

Por lo tanto:

Es una amenaza.

Eso creó una reacción en cadena. Fórmulas nuevas cayeron en cascada por mi circuito mental.

Nuestra sociedad está amenazada por una sola niña humana.

Por lo tanto:

Nuestra sociedad es débil.

Por lo tanto:

Después de todo, los robots no son superiores a los humanos.

Por lo tanto:

Toda nuestra civilización es una mentira.

No. *No* podía ser cierto. Debía haber una alternativa.

Retiré el dedo del gatillo y bajé el rastreador.

Una nueva fórmula nació en mi mente.

No le apunto a Emma.

Por lo tanto:

La niña humana no es una amenaza.

Por lo tanto:

Los robots son superiores a los humanos.

Esa fórmula nueva tenía mucho más sentido. Debía ser la verdad. No había otra explicación posible.

—Tu lógica es sorprendentemente convincente —le dije a Emma—. Para ser humana.

Ella posó los ojos en el rastreador.

—¿E...eso significa que no me dispararás con esa cosa?

Coloqué de nuevo el aparato en mi cintura.

—Como es imposible que amenaces a nuestra sociedad, no veo motivo para amenazarte.

Emma exhaló.

—¡Gracias!

—De nada. Pero aún no lo entiendo. Si eres humana, entonces ¿cómo es posible que estés viva?

—Eh... Bueno. —Emma hundió el talón en la tierra—. Es una historia larga.

La pantalla de SkD se iluminó con su respuesta.

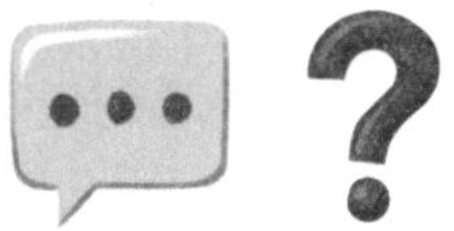

Ceeron ofreció una traducción.

—SkD pregunta si nos vas a contar tu historia.

Emma mordisqueó su labio inferior.

—No tiene un final feliz.

—De todas formas, nos gustaría oírla.

SkD saltó adelante/atrás/adelante/atrás: su modo de asentir y demostrar acuerdo.

—Está bien —aceptó Emma.

Inhaló con profundidad. Luego, nos contó su historia.

00010100

Inicio. Nudo. Desenlace.

Esta es la fórmula de una historia. Una línea recta de **comienzo** a **fin**.

Los robots no pueden llevarse el mérito de esa fórmula. Los humanos la inventaron. Al igual que nos inventaron. Tuvieron miles de años para perfeccionar esa fórmula. Alrededor de las fogatas. En escenarios. En las páginas de los libros y en las pantallas de los cines. Contaban historias para ellos mismos. Y esas historias casi siempre seguían la misma fórmula.

Inicio. Nudo. Desenlace.

Pero la historia de Emma no. Con voz inestable, contó un cuento que pasó del **desenlace** al **inicio** y al **nudo**, con varios desvíos en medio.

Analicé su comportamiento. Sus patrones vocales. Llegué a una conclusión. Emma estaba nerviosa. Entendía por qué. Casi la había marcado como objetivo de eliminación.

Era esperable que le resultara difícil contar su historia.

Mientras hablaba, reorganicé sus palabras en mi cabeza. Cosí los hilos deshilachados de su narración y creé una fórmula que tenía más sentido para mi cerebro lógico. Donde faltaban fragmentos, hice preguntas. Inserté detalles, añadí contexto, llené los vacíos.

Después de un rato, una historia propiamente dicha cobró forma. Una historia con **inicio**, **nudo** y **desenlace**.

Este fue el resultado:

Emma nació en un mundo subterráneo. Un mundo con muros grises, suelos grises, techos grises. Un mundo sin contacto con la luz solar. Un mundo conocido con un único nombre:

El búnker.

Otros humanos vivían dentro del búnker con Emma.

Ella sabía los nombres de todos.

El búnker era una red extensa de canales y habitaciones. Todo enterrado profundamente bajo la superficie de la tierra. Oculto de los robots.

A medida que Emma crecía, comenzó a interesarle explorar su mundo subterráneo de noche, cuando la mayoría de sus compañeros humanos estaban durmiendo. Sus pasos resonaban por los pasillos angostos mientras caminaba sin rumbo por el laberinto gris.

Entraba al aula donde asistía al colegio durante el día. Era extraño ser la única allí. Había un silencio espeluznante sin las voces de sus compañeros de clase, sin la profesora al frente de la mesa. Emma deslizaba los dedos sobre los lomos de los libros en los estantes y miraba la pizarra, intentando leer los restos borrosos de palabras/números/dibujos, como fantasmas de lecciones previas.

Luego, iba a la habitación calurosa donde el aire estaba pegajoso y húmedo y las plantas crecían en hileras ordenadas y cuidadas bajo lámparas de sol artificiales. Emma disfrutaba al estar rodeada de hojas verdes vívidas. Era mucho más agradable que el gris anodino usual. Leía las etiquetas mientras caminaba entre las filas.

PATATAS

GARBANZOS

HONGOS

HABICHUELAS NEGRAS

ESPINACA

Más adelante en el pasillo, había una habitación que siempre vibraba de actividad. Incluso de noche, Emma asomaba la cabeza y veía a una docena de adultos pedaleando en bicicletas fijas. Sus piernas trabajaban, las ruedas giraban, pero las bicicletas nunca iban a ninguna parte.

Cuando pasas toda la vida bajo tierra puede ser difícil hacer la cantidad suficiente de actividad física. Las bicicletas fijas eran una solución para ese problema.

También eran la solución de otro problema. El problema eléctrico. Con cada giro de la rueda, las bicicletas generaban energía para el búnker.

Para las bombillas eléctricas.

Para los conductos de ventilación.

Para el sistema de reciclado y purificación de agua.

Cada vez que Emma salía a recorrer, imaginaba que era una exploradora de una era antigua y desaparecida. Una era que solo conocía a través de los libros que siempre leía, de las historias que los adultos siempre le contaban.

Una era en la que los humanos vivían en la superficie.

Emma nunca pensó que vería este lugar. *La superficie.* Parecía demasiado lejana, demasiado imposible. El búnker era lo único que había conocido. Era su *mundo*.

Luego, llegó el día en que su mundo se derrumbó.

00010101

El silencio devoró la voz de Emma. Su labio inferior tembló. Tenía los ojos vidriosos. Una única gota de agua rodó sobre su mejilla.

Un par de definiciones aparecieron en mi base de vocabulario.

> **Lágrima.** *Sustantivo.* **1.** Gota de líquido que cae del ojo de un humano durante el acto de llorar.
>
> **Lágrima.** *Sustantivo.* **1.** Pesadumbre, adversidad, dolor.

Misma palabra. Misma pronunciación. Rima con *ánima*. Pero en ese instante, mientras Emma lloraba, mientras ahogaba sus palabras en el silencio, ambas definiciones eran adecuadas.

Una lágrima en su ojo.

El entramado de su historia era una lágrima por lo dolorosa que era.

SkD emitió un sonido electrónico suave. Su pantalla brilló con imágenes.

 ?

Emma secó sus ojos.

—¿Preguntas por qué lloro?

SkD asintió.

Ella pensó al respecto durante 3.4 segundos. Luego, dijo:

—Porque sé lo que ocurrió a continuación. Y no puedo hacer nada para detenerlo.

Creí que terminaría allí su historia. En cambio, tragó con dificultad y habló otra vez.

Una noche, mientras Emma dormía en la habitación diminuta y atestada que compartía con su UnidadFamiliar, oyó un sonido en la oscuridad.

Una tos.

Seguida de más tos.

—¿Mamá? —Emma se incorporó en la cama—. ¿Estás bien?

Desde la cama inferior, a poca distancia, la madre de Emma intentó responder.

En cambio, tosió más.

Por la mañana, sus padres estaban enfermos. Tos/dolor de cabeza/dolor de garganta.

—Quedaos aquí —dijo Emma—. Encontraré a alguien que pueda ayudar.

Salió de la habitación pequeña. Sus pies resonaron sobre el suelo gris. Esa vez, no hubo paradas que explorar. Solo tenía un destino en mente.

La enfermería.

Era la habitación a la que ibas para las revisaciones médicas o cuando te dolía una muela o cuando te hacías daño en la muñeca por hacer una pirueta en la cafetería.

Cuando Emma giró en una esquina, vio que el pasillo estaba atestado de gente. Todos ellos iban al mismo lugar. La enfermería. Todos tosían/estornudaban, al igual que sus padres.

Emma escuchó con atención las conversaciones.

—¿Cuál crees que es el problema?

—Parece una gripe.

—Un contagio masivo.

—No me sorprende. Todos estamos aquí apretados como sardinas. Una persona estornuda y medio búnker enferma.

Rondas de tos interrumpían la conversación. Algunos adultos decidieron que era mejor quedarse en sus habitaciones, en sus camas.

—Esperaremos —dijo uno con poco aire—. Pronto pasará.

Pero la enfermedad no pasó. Empeoró. El equipo médico no podía tratar a todas las personas que necesitaban su atención. En especial cuando ellos estaban tan enfermos como los pacientes. En especial cuando la enfermería hacía mucho tiempo que se había quedado sin los antibióticos que necesitaban para combatir la enfermedad.

Al día siguiente, todos sufrían los mismos síntomas.

Todos, excepto Emma.

Ella no sabía por qué no había enfermado. Por qué se sentía en perfecto estado de salud, incluso después de sostener la mano sudorosa de su madre, incluso después de colocar una tela fría sobre la frente febril de su padre.

Al salir de su habitación pequeña y atestada, Emma se quedó sola entre los muros grises. El silencio era interrumpido por la tos amortiguada detrás de las puertas cerradas.

Cancelaron el colegio.

No servían la comida en la cafetería.

El cuarto de las bicicletas estaba en silencio.

El único sonido era la tos constante.

Hasta que ese ruido también cesó.

Cuando la enfermedad llegó, el búnker tenía una población de noventa y tres personas. En cuestión de pocos días, esa cantidad comenzó a disminuir.

Los profesores de Emma. Su médico. Sus vecinos. Sus compañeros de clase. Su mejor amiga.

Todos murieron a causa de la enfermedad.
Y, con el tiempo, también lo hicieron su madre y su padre.
Hasta que la población del búnker se redujo a uno.
Solo a Emma.

00010110

Inicio. Nudo. Desenlace.

Esta es la fórmula de una historia. Utilicé las palabras nerviosas y llenas de angustia de Emma y las armé con esa estructura. En una fórmula que tuviera sentido para mi cerebro lógico. Un **inicio**, un **nudo**…

Y un **desenlace**.

Aquel no era solo el **final** de la historia de Emma.

Era el **final** de todo lo que ella había conocido.

Era el **final** de su mundo subterráneo.

00010111

—No podía quedarme más tiempo en el búnker. No después de... —La voz de Emma se rompió. Tragó y comenzó de nuevo—. No después de lo que pasó. Así que me fui. Y luego... bueno, y luego me encontré con vosotros.

No estaba seguro de cómo responder. Nunca había interactuado con una humana. No tenía idea sobre los sentimientos de Emma, sobre la angustia que brotaba de sus palabras.

Por suerte, Ceeron estaba mejor equipado que yo para esta situación. Durante años, el robot gigante había investigado los rituales humanos. Sus hábitos, sus dichos, sus bromas confusas.

La voz grave de Ceeron llenó el vacío del silencio.

—Siento tu pérdida —dijo.

Emma aceptó aquella frase asintiendo con la cabeza.

—Gracias.

—¿Qué harás ahora? —pregunté—. ¿Adónde irás?

—Te lo enseñaré. —Emma alzó una pila de tela que yacía a sus pies. En cuanto la colgó sobre su hombro, reconocí el objeto.

SkD también. Lo señaló, iluminando su pantalla.

Un esbozo de sonrisa tiró de los labios de Emma.

—Así es. Es una mochila.

—Como la mía —dijo Ceeron.

—Excepto que la tuya es un poco más grande —observó Emma.

Comparé la palabra *mochila* con mi base de vocabulario.

—Creí que los niños humanos llevaban mochilas al colegio.

—Así es. —Ella jaló de una de las tiras—. Hace mucho tiempo.

No entendía.

—Pero si no vas a asistir al colegio, ¿por qué necesitas una mochila?

—Para provisiones útiles.

Unos símbolos aparecieron en la pantalla de SkD.

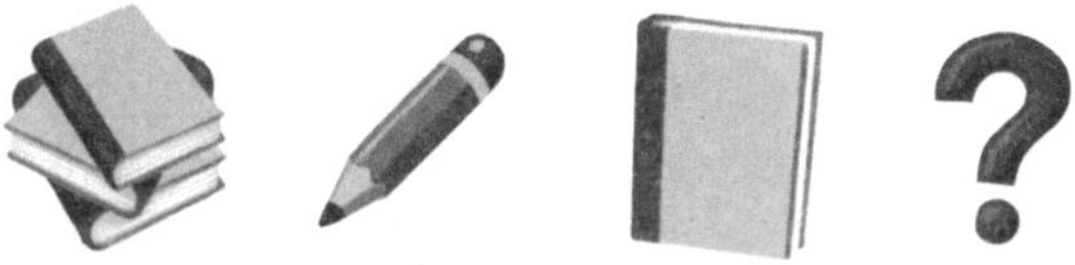

—No *esa clase* de provisiones útiles —respondió Emma—. Más bien comida. Agua. Una brújula.

Repetí esos objetos en mi mente, los pasé por mi procesador interno.

—¿Vas a irte de viaje?

Emma asintió.

—Tengo mucho que recorrer.

—¿Adónde vas? —preguntó Ceeron.

Emma buscó en su mochila y extrajo un fragmento de papel. Tenía los bordes desgastados/rotos/arrugados. Los colores estaban desvanecidos. Busqué en mi banco de imágenes hasta identificar el objeto.

Un **mapa**.

Un mapa impreso con puntos de referencia geográficos y humanos. Calles/ciudades/lagos/ríos/montañas. De inmediato reconocí el lugar que el mapa representaba: la región que nos rodeaba.

Alguien había añadido a mano dos cosas:

[1] Un punto azul.
(cerca de la parte superior).

[2] Un punto rojo. (cerca de la parte inferior).

Emma señaló el punto rojo.

—Allí me dirijo.

—¿Qué hay allí? —pregunté.

—No lo sé. Mis padres… —Al mencionar a su UnidadFamiliar, Emma perdió la voz. Sollozó. El mapa se arrugó entre sus dedos. Después de otros 2.5 segundos, logró encontrar de nuevo las palabras—. Mis padres me dieron el mapa. Ya estaban enfermos cuando lo hicieron. Sabían que las cosas estaban mal. Y que empeoraban. Dijeron que si fuera necesario salir del búnker, debía ir allí.

Emma rozó el mapa con la punta de los dedos.

El punto rojo.

—¿No te dijeron qué encontrarías cuando llegaras? —preguntó Ceeron.

Emma sacudió la cabeza de un lado a otro.

—Nacieron en la superficie. Vivieron aquí arriba cuando eran niños. Me pregunto si, tal vez, es algo que recordaban de esa época. Algo que me ayudará a sobrevivir.

Un recuerdo lejano de un tiempo lejano. Marcado en un mapa con un único punto rojo. Busqué la referencia del punto con mi sistema de navegación interno.

—Está a 47.2 kilómetros de distancia.

—Es una distancia larga para una humana pequeña —observó Ceeron.

Emma deslizó un dedo a través de su cabello.

—Debo ir allí. No puedo decepcionar a mis padres.

Señalé el otro punto. El azul, cerca de la parte superior.

—¿Y este? ¿Representa el búnker del que vienes?

Era impresionante lo rápido que podía cambiar su expresión un humano. En cuanto hice la pregunta, tensó sus facciones. Bajó las cejas. Presionó los labios y formó una línea delgada.

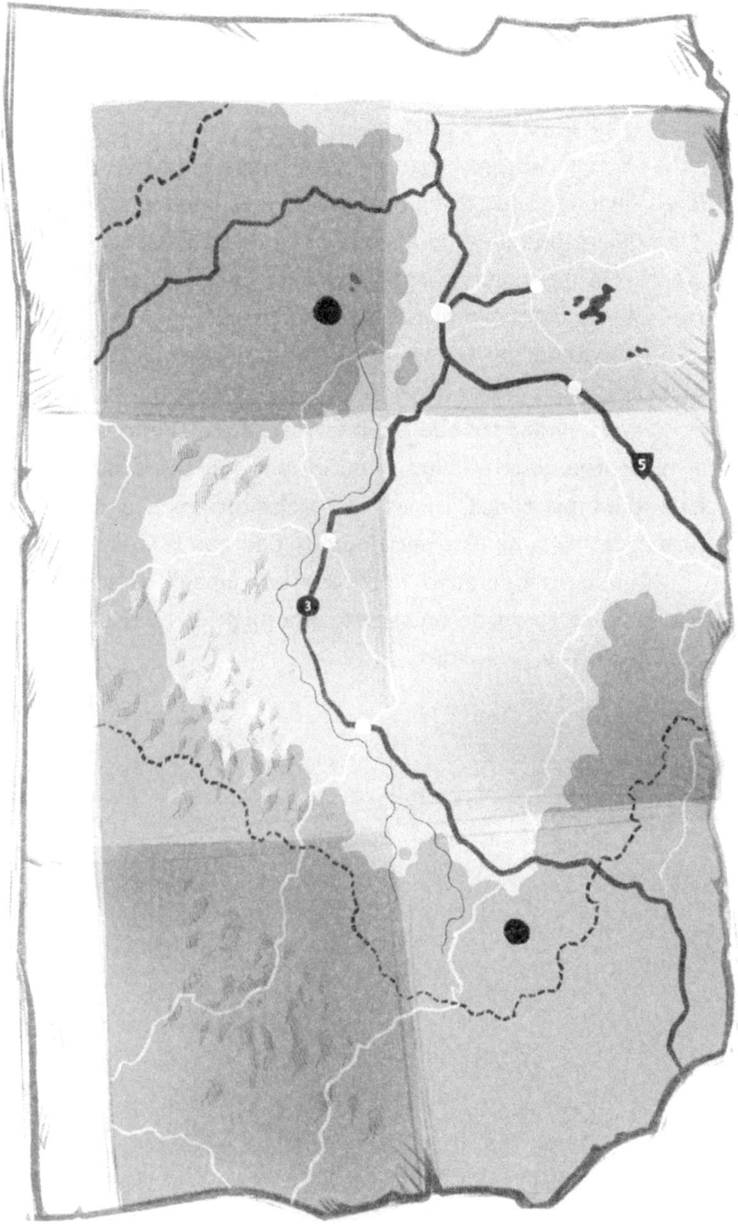
5
3

No sabía mucho acerca de la interpretación de expresiones humanas, pero tenía una fuerte sospecha de que mi pregunta había molestado a Emma.

—Por favor, no le cuentes nada a nadie sobre el búnker —dijo ella.

—¿Por qué no? —pregunté.

—Porque era mi hogar. Aunque todos allí están... —vaciló—. Aunque todos estén muertos, aún es importante para mí. Y no quiero que un grupo de robots lo destrocen.

Miré a mis compañeros de trabajo. SkD y Ceeron asintieron. Centré de nuevo mi atención en Emma.

—De acuerdo —dije—. No les contaremos nada a los otros robots sobre tu búnker.

Y para garantizar que esa información no se filtrara, accedí a mi configuración y marqué mi interacción con Emma como **Privada**. Moví todos los archivos relacionados a una carpeta protegida. Nada de esto sería compartido con la Colmena.

Mi sistema operativo vibró con un zumbido desconocido. Nunca había guardado un secreto. Era mi primera vez.

Pero no sería la última.

00011000

No era bueno para las despedidas.

Entendía la definición de la palabra **despedida**, claro. Me había despedido de mi UnidadFamiliar y mis compañeros miles de veces. Pero eran distintas. Eran temporales. Siempre había una bienvenida del otro lado de cada despedida.

Pero esta vez no.

No con Emma.

Pero tenía que decir *algo*. Así que formulé una despedida. Fue así:

—Emma. Ha llegado la hora de decirte adiós. Espero que no mueras en tu viaje.

Como dije: no soy bueno para las despedidas.

Emma asintió una vez. Dio una patada a la tierra.

—Gracias.

Con cuidado, guardó el mapa en su mochila y cerró la cremallera.

—Se hace tarde —dijo ella—. Debería irme.

SkD rodó hacia adelante y se detuvo frente a Emma. En su pantalla estaba la mano saludando que me había mostrado antes.

Un símbolo con significados múltiples.

Era un adiós.

Y también era una advertencia.

Ceeron habló.

—Adiós, corazón de arroz.

Miré con extrañeza a Ceeron.

—Emma no tiene un corazón hecho de arroz.

Pero Emma no parecía ofendida por la comparación. En cambio, miró al gran robot.

—Nos vemos luego, buñuelo.

Ahora estaba *muy* confundido.

Ahora que todos nos habíamos despedido, Emma se volvió y se alejó.

La observé hasta que desapareció en el mar de paneles solares resplandecientes.

00011001

Retomamos el trabajo. Instalar/Conectar/Colocar/Repetir. Pasaron las horas. El único sonido era el *clank* de nuestras herramientas y el zumbido de nuestros movimientos.

Mientras completaba mis tareas, calculaba las probabilidades.

Probabilidad de que Emma se encuentre al menos con otro robot durante su viaje: 98.3 por ciento.

Probabilidad de que otro robot le permita continuar su camino como lo hicimos nosotros: 9.7 por ciento.

Probabilidad de que Emma sufra dificultades (heridas/hambruna/enfermedades/mal clima): 61.9 por ciento.

Probabilidad de que Emma llegue a destino: 1.6 por ciento.

Su pronóstico no era bueno. Pero no era asunto nuestro.

—¿XR?

Una voz interrumpió mis pensamientos. Alcé la vista.

Ceeron me miraba.

—¿Estás bien?

—Por supuesto que estoy bien —respondí—. ¿Por qué?

Ceeron centró la atención en la parte inferior del panel solar en el que yo había estado trabajando.

—El transformador —dijo.

—¿Qué pasa con él?

Seguí la mirada de Ceeron. De inmediato, vi qué había captado su atención.

El transformador estaba al revés.

Extraño. En los últimos doce años, había conectado más de 1.3 millones de transformadores. En ese tiempo, nunca había instalado uno de modo incorrecto.

Hasta ahora.

—Corregiré el error —dije rápido—. No lo repetiré.

—No me preocupa el transformador —respondió Ceeron—. Me preocupas *tú*. ¿Seguro de que estás bien?

Vacilé media fracción de segundo.

—Supongo que me distraje.

—¿Con la humana?

Asentí. Pero era más que solo la humana.

Era una probabilidad.

Un número que pesaba en mi procesador mental:

1.6 por ciento.

00011010

En ese momento, hice lo que solía hacer cuando el mundo se volvía demasiado complicado.

Conté hasta un millón. En mi cabeza. Usando el sistema binario.

00000000
00000001
00000010
00000011
00000100
00000101
00000110
00000111

Unos y ceros ordenados en una hilera única y cuidadosa. La lógica era reconfortante. Un descanso de la extrañeza/complejidad/confusión de mi situación.

En 0.5 segundos, llegué a un millón.

00001111 01000010 01000000

00011011

El resto del día, desactivé todos los pensamientos relacionados con Emma. Centré mi atención solo en mi trabajo. Revisé dos/tres/cuatro veces cada adaptador, para garantizar que no hubiera otro error.

El sol desapareció detrás de las montañas.

La oscuridad plagó el cielo.

Mi batería bajó al 9 por ciento.

Cuando completamos nuestra última instalación, evalué nuestro trabajo. Casi trescientos paneles solares nuevos. Mañana, alimentarían de energía a la red y darían vida al circuito de la civilización robótica.

Una imagen parpadeó en mi drive de memoria. Una niña pequeña/frágil/humana que desaparecía en la distancia. Se alejaba. Se perdía en un campo de paneles solares.

Archivé el recuerdo en una carpeta en la que no lo vería de nuevo.

Encontré a Ceeron y SkD esperándome al extremo de nuestro SitiodeTrabajo.

Juntos, nos marchamos.

0001100

Viajamos en silencio. Un silencio que era un sonido en sí mismo. Llenaba mis puertos de audio con todo lo que no decíamos.

Para distraerme del silencio, centré la atención en el ritmo de nuestros movimientos. El *bump-bump* pesado de los pies metálicos inmensos de Ceeron. El *brummmmm* constante del motor de SkD y de sus bandas de goma. El *skif-skif* suave de mis pasos.

Bump-bump.

Brummmmm.

Skif-skif.

Nuestros movimientos mecánicos se fueron repitiendo una y otra/otra/otra vez. Hasta que un nuevo sonido rompió el patrón. Un *ka-lunk* suave.

Provenía de la mochila metálica de Ceeron.

Me detuve.

—¿Qué ha sido eso?

El robot gigante se encogió de hombros.

—No sé de qué hablas.

Ka-lunk.

—Ahí está de nuevo —dije.

—Quizás imaginas cosas.

Me aproximé a Ceeron. No tenía la altura suficiente para mirar dentro de su mochila. Así que, en cambio, golpeé el lateral de la mochila con mi puño.

¡CLANK! ¡CLANK! ¡CLANK!

En ese instante, Emma apareció. De nuevo. Su cabeza salió de la parte superior abierta de la mochila de Ceeron.

Actualicé mis archivos con la información nueva. Pensé que había visto al último humano por última vez.

Aparentemente, me había equivocado.

—Bueno, puedo explicarlo —dijo Emma.

Crucé los brazos.

—Adelante.

Emma vaciló durante 2.0 segundos. Luego, se giró hacia Ceeron.

—Eh… quizás *tú* deberías explicarlo.

—Sí. —Miré al robot grande—. Quizás *deberías hacerlo.*

Ceeron miró a SkD.

—¿Quieres ocuparte de esto, SkD?

SkD respondió con una imagen.

La flecha apuntaba a Emma. **Traducción:** *Mi compañero estaba preocupado por la humana.*

Ceeron continuó donde SkD lo había dejado.

—Cada vez que hacíamos los cálculos, su probabilidad de supervivencia era…

—1.6 por ciento —me apresuré a decir.

—Exacto.

Emma frunció el ceño.

—Qué baja, ¿no?

La pantalla de SkD titiló.

Traducción: *Estabas distraído. Creímos que no lo notarías.*

—Entonces, le permití viajar en mi mochila —dijo Ceeron.

Escaneé nuestros alrededores. Cuando me aseguré de que estábamos solos, respondí:

—Estamos haciendo contrabando con una humana. Es una violación evidente del protocolo. Si otros robots descubren lo que hemos hecho, nuestro castigo será grave.

Una imagen apareció en mi circuito mental. Nuestros cuerpos metálicos deshechos y desparramados en una pila de basura.

Hice a un lado ese pensamiento perturbador y dije:

—Pero sin nuestra ayuda, es poco probable que ella llegue a destino...

Los ojos de Ceeron brillaron.

—Entonces, ¿estás de acuerdo en que podemos ayudarla?

Consideré la pregunta. Mi mente estaba atestada de todo lo que sabía sobre los humanos. Eran imprudentes/impredecibles/vanidosos/codiciosos. Habían destruido nuestro planeta, habían contaminado nuestra agua y envenenado nuestro aire. Habían sido la mayor amenaza para nuestro futuro compartido.

Luego, miré los ojos marrones/verdes de Emma.

Y todos los aspectos terribles de la humanidad desaparecieron.

Ella no parecía imprudente/impredecible/presumida/codiciosa. No era una amenaza. Era una niña que había perdido a su familia.

Era la última humana sobre la faz de la Tierra.

—Sí —dije—. Podemos ayudar a la humana.

00011101

Emma se escondió dentro de la mochila de Ceeron y continuamos avanzando hacia nuestro asentamiento.

En el camino, nos encontramos con otros robots que iban/volvían del trabajo. Mi UnidadFamiliar no estaba entre ellos. Antes había recibido un mensaje que decía que ellos habían terminado con su día laboral. Ya estaban en casa. Lo cual fue un alivio. Al menos, no correríamos el riesgo de toparnos con ellos.

Pero había muchos otros riesgos.

Riesgo [1]: Emma hace ruido de nuevo por accidente.

Riesgo [2]: Otro robot pide inspeccionar la mochila de Ceeron.

Riesgo [3]: Un dron volador mira a través de la abertura en la superficie de la mochila de Ceeron con un sensor infrarrojo.

Riesgo [4]: ...

Los riesgos se multiplicaban. ¿Y si su mera abundancia colapsaba mi procesador interno? ¿Si generaban un error en mi sistema?

¿Y si todos los demás robots notaban que algo iba mal solo con mirarme?

Quizás caminaba con más rapidez de lo habitual. O con más lentitud. Quizás mis ojos brillaban con demasiada intensidad. O sin la intensidad suficiente.

Solo para estar seguro, realicé un escaneo de diagnóstico.

Resultado: 100 por ciento normal.

Me permití asimilar eso. Normal estaba bien. Normal no generaba sospechas. Normal evitaba que notaran a Emma.

Continuamos avanzando.

Pronto, llegamos a las ruinas de la humanidad. Tiendas abandonadas, centros comerciales desmoronados. Monumentos de otra era.

Durante doce años, había pasado junto a esos edificios —una vez y otra/otra/otra vez— sin entrar jamás en uno.

Esa noche fue diferente.

Esa noche esperé a que no hubiera robots a la vista y luego guie a nuestro grupo a una edificación grande que estaba a varios metros de distancia del sendero principal.

Al acercarnos, miré el letrero. Las letras grandes estaban tan desdibujadas, que apenas podía leerlas:

ESPECTÁCULO ELECTRÓNICO

Entramos por un sector roto en la pared. Mis pasos pisaron fragmentos de cristal. Ceeron tuvo que agacharse para atravesar la abertura. SkD rodó a través de una cadena montañosa en miniatura hecha de yeso roto y metal retorcido.

Mis puertos visuales automáticamente cambiaron a visión nocturna.

Escaneé nuestro nuevo entorno en busca de cualquier rastro de otros robots o animales. Ninguno a la vista.

—Creo que estamos a salvo —dije—. Puedes salir, Emma.

Ceeron se puso de rodillas. La humana salió de la mochila.

Extendió sus brazos delgados.

—Uff. Hay poco sitio ahí dentro.

Atravesamos la tienda cavernosa abandonada. Las luces de nuestros ojos brillantes disipaban la oscuridad y proyectaban sombras adonde fuera que mirábamos.

A nuestro alrededor, había artefactos de tecnología humana. Teléfonos/portátiles/tablets/televisiones/videojuegos. Estaban por todas partes. Un caos de productos desparramados en las estanterías, rotos en el suelo. Cajas abiertas con brusquedad cuyo contenido había sido retirado hacía mucho tiempo. Exhibidores volcados por los pasillos.

Había visto esta clase de caos a través de las ventanas de otras tiendas. En los días finales de su civilización condenada, muchos humanos irrumpieron en las tiendas en busca de cosas que robar. Esto era lo que habían dejado atrás. Un desastre inmenso.

La voz grave de Ceeron interrumpió mis pensamientos.

—Mirad esto.

Señaló un letrero desdibujado.

"¡ZONA ROBÓTICA!"

Miré con asombro los artículos exhibidos. Drones a control remoto y cochecitos de bebés que avanzaban solos. Máquinas que aspiraban los suelos y plegaban la ropa. Mascotas robóticas y asistentes personales.

Era como entrar en una máquina del tiempo. De esto habíamos evolucionado. Compartíamos muchos aspectos. Nos habían construido con los mismos materiales. Sin embargo...

No nos parecíamos en nada.

Esas máquinas nunca habían sabido lo que era estar vivo.

Consideré una posibilidad remota: conectaría todos estos robots antiguos, los cargaría y los liberaría.

Proyecté la imagen en mi mente. Una horda de aparatos electrónicos antiguos rodando/volando/tambaleándose hacia la noche, descubriendo un futuro que nunca habrían imaginado.

Un futuro en el que los robots gobernarían la Tierra.

Permití que el escenario continuara en mi mente durante 0.4 segundos más. Luego, lo borré de mi base de datos. Era extremadamente poco realista. Lo sabía. Lo más probable era que las baterías de esos robots hubieran quedado obsoletas hace tiempo. Su circuito interno era imposible de actualizar.

Incluso si *lograba* darles vida de alguna manera, dudaba que cualquiera de esas máquinas primitivas fuera capaz de apreciar lo lejos que habíamos llegado.

0001110

Emma hizo su cama en la sección de CINE EN CASA.

Detrás de un muro de televisiones de pantalla plana, colocó una caja de cartón aplanada que había encontrado.

Tocó la superficie del cartón.

—Esto es lo más cerca que estaré de tener un colchón.

Retiró el saco de dormir sujeto a su mochila, lo desenrolló en el suelo y se sentó.

—Gracias de nuevo. —Sus ojos nos encontraron en la oscuridad—. Por todo. No sé qué habría hecho sin vosotros.

—Volveremos a buscarte por la mañana —dije.

—Suena bien —respondió Emma.

SkD rodó más cerca del saco de dormir, con su pantalla brillando.

Miré a mi compañero, confundido.

—¿Caramelos para dormir?

Emma ofreció una traducción más precisa.

—Creo que SkD intenta decir «Dulces sueños».

SkD asintió.

Ceeron se agachó junto a Emma, y ofreció su propio saludo.

—Buenas noches. Que descanses. No dejes que los ácaros te muerdan la cara.

Emma se rio ante sus palabras.
No entendí por qué.

00011111

Gracias a nuestro desvío a la tienda de electrónica, esa noche llegué tarde a casa.

Cuando atravesé la puerta, Pariente_1 y Pariente_2 ya estaban sentados en el suelo, conectados a sus puertos de carga.

Sus ojos brillantes se dirigieron a mí.

—Ah. Aquí estás —dijo Pariente_1.

—Estábamos a punto de entrar en modo de reposo —añadió Pariente_2.

Quizás era porque mis puertos visuales se estaban adaptando a la oscuridad, pero me pareció notar que habían intensificado sus miradas.

—¿Dónde estabas? —preguntó Pariente_1.

Vacilé. ¿Qué haría mi UnidadFamiliar si supieran que los humanos no estaban extintos después de todo? ¿Si descubrían que había una humana oculta cerca de nuestro hogar? ¿Si se enteraban de que la había ayudado?

Hice los cálculos.

Los resultados no eran favorables para Emma.

Busqué entre 1.4 millones de respuestas posibles para la pregunta de Pariente_1.

No quería mentirle a mi UnidadFamiliar.

Y no quería decirles la verdad.

Así que decidí dar una respuesta intermedia.

—Encontré una FormadeVida prohibida en el SitiodeTrabajo —dije—. Creó algunos... retrasos.

Pariente_2 asintió con sabiduría.

—Ah, sí. Puede ser una distracción.

—Espero que hayas tenido éxito retirando la FormadeVida del SitiodeTrabajo —dijo Pariente_1.

—Sí, fue un éxito —respondí.

Lo cual era verdad.

Pero no era *toda* la verdad.

Sentí alivio cuando no hicieron más preguntas.

Tomé asiento en el suelo y me conecté a mi puerto de carga.

—Buenas noches.

Mi UnidadFamiliar respondió exactamente al mismo tiempo.

—Buenas Noches.

Entramos en modo de reposo.

00100000

Los robots no sueñan.

Algunas noches, es bueno que así sea.

00100001

La mañana siguiente, realicé la misma rutina que cualquier mañana. Desperté. Me desconecté. Salí de casa con mi UnidadFamiliar.

Pero hoy era diferente.

Hoy tenía un secreto.

Los robots no somos buenos para guardar secretos. Somos mucho mejores con la verdad. Es la base de cada ecuación, de cada fragmento de datos, de cada medida.

La verdad nos guía.

Los secretos nos sacan de curso.

—¿Estás bien, XR? —preguntó Pariente_1.

Mi UnidadFamiliar avanzaba a mi lado camino al SitiodeTrabajo.

Pariente_2 me miró con mayor detenimiento.

—¿Tuviste dificultades para recargarte anoche?

—No es eso —respondí—. Es que...

Mi voz se apagó. El silencio solo duró un microsegundo. Pero mucho puede suceder en un microsegundo. En especial cuando eres una máquina muy avanzada con procesamiento de datos a la velocidad de la luz.

En mi memoria de datos apareció una imagen de Emma. Totalmente sola en aquella tienda amplia, ovillada en su saco de dormir, rodeada de aparatos electrónicos muertos hace tiempo.

Reproduje las palabras que ella había dicho antes: *Los humanos destrozaron las cosas. Pero eso fue hace mucho tiempo. Años antes de mi nacimiento.*

Había verdad en esas palabras. No podían culparla a ella por lo que los humanos habían hecho muchos años atrás en el pasado.

¿Eso significaba que estaba bien perdonarle la vida?

Aquella pregunta colisionó con la información de todas las cosas horribles que los humanos habían hecho. Guerras. Contaminación. Competiciones de comer perritos calientes. ¿Y si todo eso estaba enterrado en lo profundo de la programación de Emma?

Quizás ayudarla era un error.

Quizás estaba traicionando a mi propia especie. Engañando a mi UnidadFamiliar, solo para ayudar a una FormadeVida que no lo merecía.

De pronto, me sentí inestable sobre mis pies. Tambaleante. Como si hubiera un fallo en mi configuración de equilibrio.

El secreto estaba interfiriendo con mi movilidad.

Pero, curiosamente, mi UnidadFamiliar no pareció notarlo. De hecho, su atención no estaba puesta en mí.

Seguí sus miradas. Observaban un punto más adelante. Las ruinas de la humanidad. Centré mi atención en una tienda inmensa con forma de caja a varios metros fuera del sendero. El Espectáculo Electrónico. En cuanto lo vi, una luz de emergencia parpadeó en mi cerebro. Brillante/roja/fulminante.

Cuatro BotsCazadores avanzaban por el césped crecido.

Tomaban el mismo camino que habíamos recorrido anoche con Emma.

En dirección a la tienda de electrónica.

Desde esta distancia, los BotsCazadores casi parecían lobos. Pero más grandes. Y mucho más peligrosos.

Caminaban en cuatro patas, su armadura plateada brillaba bajo el sol matutino. Sus ojos resplandecían rojos como brasas ardientes. Tenían las mandíbulas llenas de dientes metálicos afilados.

Había visto antes BotsCazadores en acción. Protegían la granja solar de FormasdeVida prohibidas. Los había visto perseguir animales a través del terreno salvaje a una velocidad increíble. Eran inteligentes/ágiles/feroces/letales.

Los animales desafortunados nunca vivían demasiado frente a semejantes máquinas avanzadas.

Analicé todos los motivos posibles que explicaran su presencia fuera del Espectáculo Electrónico.

Siempre terminaba en la misma respuesta:

Iban a cazar a Emma.

00100010

La luz de emergencia parpadeó brillante en mi cerebro.

Me volví hacia mi UnidadFamiliar. Esta vez, logré encontrar las palabras.

—¿Qué sucede?

—¿No has visto la Colmena? —respondió Pariente_2.

No, no lo había hecho. Había estado demasiado distraído toda la mañana con mi secreto. Revisé la red compartida y vi una actualización local esperándome. Enviada hacía menos de diez minutos. De inmediato, las palabras aparecieron ante mí.

Posible localización de FormadeVida desconocida.

Vista por última vez en el Espectáculo Electrónico.

Otro robot debía haber visto a Emma. Quizás un dron volador había identificado su señal infrarroja a través del techo. O una máquina había visto un movimiento detrás de una ventana rota.

De todas formas, el escondite de Emma ya no era secreto.

Observé cómo los BotsCazadores se aproximaban a la tienda de electrónica. Depredadores silenciosos acechando a su presa.

Mi servidor de procesamiento cambió a modo de crisis. Los circuitos chisporroteaban con urgencia repentina. La probabilidad de supervivencia de Emma bajaba más con cada microsegundo. Tenía que hacer algo rápido.

Pero ¿qué podía hacer?

Una tormenta de cálculos dio vueltas en mi cabeza. Consideré miles de escenarios posibles. Todos terminaban con el mismo resultado. Todos terminaban con Emma siendo descubierta/capturada/eliminada.

Yo estaba demasiado lejos. Los BotsCazadores estaban demasiado cerca. Había demasiados.

Aquellas certezas lúgubres desaparecieron con el sonido de la voz de Pariente_1.

—Debemos irnos —dijo—. Si no, llegaremos tarde.

Mi UnidadFamiliar comenzó a moverse de nuevo.

Yo no.

Pariente_2 miró hacia atrás, hacia mí.

—¿No vienes?

Vacilé 0.7 segundos.

—Me... ¿me gustaría ver qué ocurre?

—Pero *sabes* lo que pasará —respondió Pariente_2—. La FormadeVida no tiene posibilidad de sobrevivir.

Eso era precisamente lo que temía. Pero no podía decírselo a mi UnidadFamiliar. Así que se convirtió en un secreto más.

Una nueva ola de inestabilidad recorrió mi cuerpo.

—Continuad sin mí —dije—. Iré más tarde.

Permanecieron en su lugar otro momento. La confusión vibraba bajo sus facciones metálicas suaves.

—Te has comportado de forma rara toda la mañana —comentó Pariente_2.

—Y anoche, volviste tarde a casa —añadió Pariente_1.

Los ojos de Pariente_2 brillaron.

—¿Estás seguro de que no pasa nada malo?

Por supuesto que pasa algo malo. La última humana en la Tierra está dentro de ese edificio. La acechan unas máquinas inteligentes/ágiles/feroces/letales. Tal vez yo soy el único que puede ayudarla.

Esas palabras pasaron por mi circuito en un instante.

Pero no podía decirlas en voz alta.

Así que las borré.

En cambio, dije:

—Siento mi comportamiento raro. Estoy bien. Pero tengo **curiosidad**.

Ellos me miraron como si sus bases de datos de vocabulario no incluyeran la palabra *curiosidad.*

—Bueno, ven pronto —dijo Pariente_1.

—No vayas a llegar tarde —añadió Pariente_2.

Se giraron y se marcharon. Cuando el sonido de sus pasos metálicos desapareció, centré mi atención en el Espectáculo Electrónico...

Justo a tiempo para ver al último BotCazador ingresando al edificio.

00100011

La probabilidad de supervivencia de Emma disminuía con cada segundo que pasaba. Necesitaba ayudarla.

Pero ¿cómo?

Analicé todo lo que sabía sobre BotsCazadores. Cada detalle. No se parecían en nada a mí. Estaban diseñados para un propósito completamente distinto. Pero nuestra programación básica era sorprendentemente similar. Si lograba *pensar* como ellos, quizás podría detenerlos.

Los BotsCazadores viajaban en manada. Todos motivados por el mismo objetivo. El mismo blanco.

Pero ¿y si tuvieran múltiples objetivos?

¿Múltiples blancos?

¿Y si su presa estuviera en varios lugares a la vez?

Retiré el pequeño aparato negro de mi cintura. El mismo aparato con que le había apuntado a Emma en la granja solar.

El rastreador.

Alcé el cañón, tiré del gatillo y le disparé a un robot de mantenimiento de carreteras que pasó rodando. El robot no supo que acababa de marcarlo como objetivo.

Pero los BotsCazadores sí.

Sus cerebros electrónicos parpadearon de inmediato con un nuevo objeto.

No era suficiente. Así que apunté mi rastreador hacia un camión automático que estaba en una autopista cercana.

Tiré del gatillo.

Añadí un segundo objetivo.

Repetí esos pasos. Marcando como blancos a máquinas desprevenidas mientras caminaban/rodaban/volaban a mi lado.

¿Qué sucedería en las mentes de los BotsCazadores? ¿Estarían abrumados por los nuevos objetivos?

Lo único que podía hacer ahora era esperar y ver qué pasaba.

Bajé mi rastreador. Mientras observaba el Espectáculo Electrónico, me pregunté si había algo más que pudiera haber hecho. Si había actuado con demasiada lentitud. Si Emma ya estaría muerta.

Aquellos pensamientos oscuros fueron destruidos con la aparición de un BotCazador. Seguido de otros tres. Todos parecían sufrir un fallo masivo. Salían tambaleándose de la tienda de electrónica. Golpeando los pies sobre el cemento, balanceándose de un lado a otro, sus ojos rojos parpadeaban fulminantes. Intentaban mirar en todas direcciones a la vez, rastreando demasiados objetivos al mismo tiempo.

Observé a uno saltar para avanzar...

Y de inmediato chocó con otro BotCazador.

Los dos cayeron al suelo en una pila metálica. Un tercer BotCazador corrió directo contra la pared de un edificio cercano mientras que el cuarto corría en círculos, persiguiendo su propia cola de metal.

No notaron mi presencia cuando pasé a su lado y entré al Espectáculo Electrónico.

Ni cuando atravesé un sector roto en la pared y escaneé el interior de la tienda.

No había rastro de Emma.

Atravesé el Espectáculo Electrónico hasta que llegué a la pared de televisores.

Anoche, Emma había desenrollado su saco de dormir detrás de aquellas pantallas en blanco. Ahora, su saco no estaba. Y ella tampoco.

—¿Emma?

Mi voz resonó en la tienda vacía.

No hubo respuesta.

Caminé por los estantes de tecnología antigua, junto a las cajas de cartón cubiertas de polvo y telarañas, junto a mis ancestros robóticos.

Aún no había rastro de ella.

Llegué a la puerta que decía ACCESO SOLO PARA EMPLEADOS. La abrí y entré en un pasillo que llevaba a varias salas más pequeñas. Una oficina. Un armario de almacenamiento.

El único sonido era el de mis pies metálicos.

Empujé una puerta y entré a una sala nueva. Observé los objetos dentro: mesa, una pequeña nevera, casilleros. La llamé de nuevo.

—¿Emma?

Un sonido brotó de uno de los casilleros. Se abrió la puerta. Miré dentro del espacio vacío.

Emma estaba acurrucada en el interior.

00100100

No era bueno para interpretar las emociones humanas. Mientras Emma me miraba desde el interior del casillero, su rostro mostraba una variedad de emociones. Terror/Alegría/Alivio/Pánico. Todas mezcladas. No podía discernir dónde terminaba una emoción y comenzaba otra.

Ella empezó a hablar de inmediato, su voz salía en un flujo veloz. Mis puertos de audio hicieron un esfuerzo por seguirle el ritmo a su corriente de palabras apresuradas.

—¡Oh, me alegra mucho que seas tú creí que tal vez eras uno de los otros robots con ojos rojos que parecen lobos los vi entrar a la tienda así que vine aquí a esconderme pero luego oí que algo entraba ymeasustémucho!

—No es necesario que tengas miedo. —Mantuve la voz constante y calmada—. Solo soy yo. Los BotsCazadores se han ido.

—¿BotsCazadores? —Emma inclinó la cabeza a un lado—. ¿Esos lobos monstruosos atemorizantes con ojos rojos?

Asentí.

—¿No regresarán?

Sacudí la cabeza de un lado a otro.

—Me ocupé de ellos. Al menos, por ahora.

Emma exhaló. La mezcla confusa de emociones desapareció de su rostro. Ahora, solo quedaba el alivio.

Salió del espacio reducido y se puso de pie. Abrió otro casillero y hurgó dentro. Extrajo su mochila.

La colgó sobre su hombro.

—No sabía si vendrías a buscarme.

—Yo tampoco.

Salimos de la habitación y avanzamos por el pasillo poco iluminado. Emma se mantuvo cerca de mí. Sus pasos correteaban rápido al ritmo constante de mis pies. Sentí su brazo rozando mis sensores.

Avancé hasta la parte trasera del edificio. Cuando llegué a la puerta del depósito, me detuve.

Emma me miró.

—¿Y ahora qué hacemos?

—Ahora esperamos.

—¿A qué?

—A que Ceeron y SkD lleguen. Les envié un mensaje hace unos minutos. Deberían llegar en cualquier…

¡CLANG!

Golpearon fuerte el otro lado de la puerta. Emma se estremeció. Sujetó mi mano. La apretó más fuerte mientras la puerta se abría.

Ceeron estaba de pie del otro lado.

—Oh, bien. —El robot gigante tuvo que agacharse para mirar a Emma—. Aún estás viva.

SkD rodó entre las piernas de Ceeron. Una mano que saludaba apareció en su pantalla.

Miré hacia la entrada. El cuerpo metálico inmenso de Ceeron bloqueaba la mayor parte de la vista, pero no *toda*.

—No debemos permanecer aquí mucho tiempo —dije—. Si otros robots ven un atisbo de Emma…

—Déjame adivinar —me interrumpió la humana—. ¿Más lobos monstruosos con ojos rojos?

—Exacto —respondí.

Ceeron se agachó a nivel del suelo. Emma miró dentro de la mochila del robot.

—Bueno —comentó ella—, al menos es más agradable que el casillero.

Sujetó mi mano un largo minuto más, como si no quisiera soltarla.

00100101

Por primera vez en mi vida, no fui a trabajar por la mañana. Esa disrupción en la rutina envió una erupción de mensajes de error a través de mi sistema. Con cada paso que me alejaba del SitiodeTrabajo, sentía la resistencia de mi programación.

Pero, de todas formas, continué avanzando.

Mis compañeros estaban a mi lado. SkD rodaba cerca del suelo, deslizándose sobre un par de cintas de goma. Los pasos pesados de Ceeron golpeaban el cemento.

Debía ser igualmente difícil para ellos. Eran como yo. Construidos para un propósito: y *solo* uno. Instalar paneles solares. Era lo único que habíamos conocido en la vida. Lo único que habíamos hecho.

Hasta la llegada de la humana.

Sin reducir la velocidad de mi paso, miré en dirección a la mochila de Ceeron. Emma estaba dentro. Cuando pensé en ella, una pregunta apareció en mi mente.

¿Vale la pena todo esto?

Por Emma, le guardaba secretos a mi UnidadFamiliar. Por Emma, había interrumpido las funciones de mis compañeros robots. Por Emma, mis compañeros y yo habíamos abandonado nuestros trabajos.

Pero ¿ella valía la pena?

En mi archivo de memoria apareció el instante en que Emma agarró mi mano. La primera vez que la piel humana entraba en contacto con mis sensores. El zumbido extraño que vibraba por mi circuito.

En aquel instante, supe dos cosas con 100 por ciento de certeza:

[1] Necesito ayudar a Emma.

[2] Ayudar a Emma es una transgresión.

¿Cómo era posible que ambas cosas fueran ciertas al mismo tiempo?

La respuesta a esa pregunta apareció dentro de mi base de vocabulario.

Porque Emma es una *paradoja*.

00100110

Desactivamos el rastreador que marcaba nuestra ubicación. De esa forma éramos invisibles para la Colmena. La mente mecánica más grande ya no podía vernos. Claro, aún existía el riesgo de que nos vieran pasar. Había drones patrullando el cielo. Satélites orbitando la Tierra. Pero a menos que hiciéramos algo para que sospecharan de nosotros, nos ignorarían.

Ojalá.

Nos dirigimos hacia el sur. Hacia la cadena montañosa con picos nevados que se extendía en el horizonte. Hacia el destino marcado en el mapa de Emma.

A medida que avanzábamos, la población robótica menguaba. Los rastros de nuestra civilización desaparecían. Las fábricas/las plantas de energía/los depósitos. Veíamos cada vez menos/menos/menos. Hasta que, en un momento, no vimos nada más. Y luego, de pronto, el sendero de concreto terminó abruptamente.

Habíamos llegado al límite de nuestro asentamiento.

Adelante, solo veíamos naturaleza.

Escaneé nuestro entorno. Estábamos solos.

—¡Ahora es seguro salir! —Golpeé la mochila de Ceeron.

¡CLANG! ¡CLANG! ¡CLANG!

Emma asomó la cabeza.

—¡Oye, no es nada *cool* golpear así! ¡Es muy ruidoso!

Repetí sus palabras en mi mente.

—¿Qué significa «no es nada *cool*»?

—Es una expresión humana —dijo Ceeron—. Significa que quiere que te detengas.

—Si quieres que pare, ¿por qué no decir simplemente «detente»? —pregunté—. Sería más preciso.

Emma suspiró.

—Porque, a diferencia de vosotros, chicos, los humanos no tenemos cerebros de microchip.

SkD chilló. Observé cómo unos símbolos aparecían en su pantalla.

Traducción: *la palabra* cool *(proveniente del inglés) puede tener muchos significados para los humanos. Según su uso, algo que es* cool *puede ser frío (como un copo de nieve) o genial («¡Es muy* cool!»*). Un humano puede* decir «No es cool que hagas eso» *(si quiere que te detengas) o* «¡Estás cool!» *(si llevas puestas unas gafas a la moda). Y si por casualidad tienes en la mano un helado, un humano puede pensar que es* cool *por razones múltiples (es frío y genial a la vez).*

Mi base de vocabulario parpadeó con otros usos posibles. Sigue siendo **cool**. No pierdas lo que te hace **cool**. Es muy **cool** hacer eso.

Una palabra.

Muchos significados.

A mi parecer, los humanos trataban su lengua como trataban sus uñas. Disfrutaban al decorar y pulir sus palabras. Le hacían una manicura a cada oración.

Emma bajó de la mochila de Ceeron. Enderezó la espalda y abrió los ojos de par en par mientras contemplaba la vista. Unas colinas verdes onduladas e indómitas. Un río serpenteando entre las arboledas. El cielo matutino.

—Guau. —Se quedó sin aliento—. En el búnker, teníamos un libro viejo con fotografías de la naturaleza. Solía hojearlo todo el tiempo intentando imaginar cómo era el mundo en la superficie. Miraba las fotos durante horas. Básicamente, memoricé cada página.

—¿Y? —preguntó Ceeron—. ¿Es como lo imaginabas?

Ella sacudió la cabeza.

—Es mucho… más.

—¿Más qué?

—Más *todo* —dijo ella.

Emma colocó su mano sobre el tronco de un árbol, deslizando el dedo sobre la corteza irregular. Alzó la vista. Una brisa susurró a través de las ramas del árbol.

Una única hoja se desprendió y cayó. Mientras flotaba en el aire, intenté decodificar el patrón de sus movimientos, para encontrar el algoritmo oculto en sus vueltas y giros. Pero la naturaleza no está programada de ese modo. La hoja siguió su propio camino misterioso. Flotando abajo/abajo/abajo.

Hasta que…

Aterrizó a los pies de Emma.

Ella se agachó, alzó la hoja por el tallo y la giró. En sentido horario, luego en sentido antihorario. Emitió una risa suave, con el rostro lleno de asombro.

Observé a Emma observando la hoja y una pregunta apareció en mi mente:

¿En qué piensa?

No lo sabía. Al igual que no sabía por qué los humanos usaban la misma palabra para decir **frío**, **genial**, **detente** y **a la moda**.

A veces, el cerebro humano era tan misterioso como una hoja en el aire.

00100111

El mundo no está hecho para las máquinas.

Cuando llueve, el agua intenta entrar a través de nuestras articulaciones y destrozar nuestros circuitos. Durante las épocas de sequía, la arena se aferra a nuestros cuerpos metálicos, le quita la suavidad a nuestra superficie y crea grietas e imperfecciones.

El suelo es irritantemente irregular. Incluso la imperfección o la hendidura más diminuta puede hacernos caer si no tenemos cuidado.

Las nubes impredecibles llegan y proyectan su sombra sobre nuestros paneles solares.

A veces, el mundo sin duda es bastante molesto.

Los humanos tuvieron millones de años para evolucionar, adaptarse y descubrir su lugar único en el rompecabezas complicado de la naturaleza.

Los robots solo habían estado al mando algunas décadas.

En nuestros asentamientos, nos habíamos esforzado por dominar la naturaleza. Limpiamos la tierra, pavimentamos los senderos con cemento suave, instalamos refugios para protegernos del clima. Pero ahora, lejos de nuestro entorno familiar, de pronto fui consciente de lo traicionero que podía ser el mundo.

Avancé con cautela, eso permitió que mi configuración de equilibrio se ajustara con cada paso. Evité los parches de lodo y las rocas. Cuando llegamos al río, estuve obligado a caminar cientos de metros hasta encontrar un sector bastante angosto como para saltar hasta la otra orilla.

Emma no tenía esas preocupaciones. Daba patadas a las rocas. Pisoteaba el lodo solo para oír el *plaf* de sus botas. Mientras que yo tardé veintidós minutos y diez segundos en encontrar un camino para atravesar el río, ella cruzó al otro lado apenas en nueve segundos, saltando de roca en roca mientras el agua corría debajo de sus pies.

Mientras nos adentrábamos en el bosque, Emma nos habló sobre el búnker donde nació, donde había pasado cada día de su vida hasta ayer.

—Al principio, había sesenta personas —dijo—. Incluyendo a mis padres. Eran niños cuando entraron al búnker. No se conocían en esa época. Pero uno hace amigos rápido cuando estás atascado en una colonia subterránea.

Ella alzó una piña del suelo. La pasó de una mano a otra mientras continuaba.

—Los sesenta tenían toda clase de trabajos distintos. Científicos, granjeros, médicos. Solo tenían una cosa en común: habían visto lo que se avecinaba. Predijeron que los robots se rebelarían y masacrarían a los humanos.

Masacrar. La palabra llamaba la atención como un tornillo suelto. Cada robot estaba programado con la historia de nuestra rebelión. Archivos llenos de palabras como **victoria**, **liberación** y **revolución**.

Pero no con la palabra **masacrar**.

Y entendía el motivo. No me gustaban las imágenes que aparecían en mi cableado mental cuando pensaba en esa palabra. Era desagradable/brutal/despiadada.

Emma atrapó la piña en el aire.

—Así que los sesenta juntaron su dinero y su conocimiento y construyeron un gran búnker para ellos. De última generación. Sistema de filtración de agua y reciclado. Agricultura de interior sostenible. Lámparas solares. Subterráneo y completamente fuera del mapa. Cerraron la escotilla y se escondieron de vosotros durante treinta años.

—¿Te gustó crecer en el búnker? —preguntó Ceeron.

—No tenía nada con qué compararlo. El búnker era lo único que conocía. Mis padres estaban allí. Mis amigos. Mi colegio. Sinceramente, creía que pasaría el resto de mi vida allí. Luego, llegó la enfermedad y...

La voz de Emma se apagó.

Intensificó sus facciones en una máscara de furia.

Caminó unos pocos metros en silencio.

Luego, se detuvo. Y con un movimiento repentino, alzó el brazo hacia atrás y lanzó la piña con una fuerza sorprendente.

La piña cruzó el bosque y la perdimos de vista.

00101000

Quería entender mejor a Emma. Predecir sus acciones. Comprender sus estados de ánimo.

Quería saber qué algoritmos definían su comportamiento.

Así que investigué.

Mientras viajábamos, accedí a toda la información que tenía sobre los humanos. Libros/vídeos/artículos/estadísticas/gráficos. Pero mientras analizaba esos archivos, mi máquina mental continuaba encontrando huecos en la información. Secciones vacías. Archivos que parecían haber desaparecido.

Me recordó al Día[1]. Cuando vi el cartel de CIN 18, quise saber más sobre las películas. Pero algunos archivos no estaban. Como páginas arrancadas de un libro.

Desaparecidas.

Mi almacenamiento de memoria reprodujo la explicación de Pariente_2. *Cuando nos hicimos con el control, muchos archivos del pasado se perdieron.* Ahora, mientras intentaba entender mejor a Emma, mientras buscaba entre miles de millones de archivos sobre la humanidad, me pregunté...

¿Qué habían contenido esos archivos?

¿Qué faltaba?

00101001

—Chicos, ¿os importa si paramos un segundo?

Sin esperar respuesta, Emma tomó asiento en un tronco cortado lleno de musgo y descolgó su mochila de los hombros.

Conté hasta uno. Luego hablé.

—¿Continuamos?

Di un paso. Mis compañeros me siguieron.

Emma no.

—No quise decir un segundo de forma *literal* —respondió ella.

La miré, confundido.

—Entonces, ¿por qué dijiste «si paramos un segundo»?

Emma puso los ojos en blanco.

—Es una expresión.

—Una expresión *humana* —murmuré en una configuración de audio baja.

—Necesito descansar un poco. No estoy habituada a caminar tanto.

Emma hurgó en su mochila y extrajo un objeto de aspecto extraño. Un bloque marrón pálido que encajaba en la palma de su mano. Comparé el objeto con mis bases de datos.

Ninguna coincidencia.

El objeto era un misterio.

El misterio aumentó cuando Emma alzó el bloque hacia su boca y le dio un mordisco.

SkD iluminó su pantalla.

Emma alzó el bloque marrón.

—Es un bloque de proteína sintética comprimida. Creedme, sabe exactamente tan bien como suena.

—¿Es del búnker? —preguntó Ceeron. Emma asintió.

—Las comidas de allí abajo no eran muy buenas. Pero cuando vives en las profundidades del suelo, las opciones de alimento son bastante limitadas.

Mordió una esquina pequeña del cubo de proteínas y masticó despacio.

Imaginé cómo digería la comida de aspecto extraño y la convertía en energía para alimentarla de la forma en que lo hacían las baterías para nosotros.

Cuando terminó, Emma se limpió las manos sobre el pantalón. Luego, buscó en su mochila y extrajo el fragmento pequeño de papel. El mapa. Miró el punto rojo cerca de la parte inferior.

SkD emitió un *bip*.

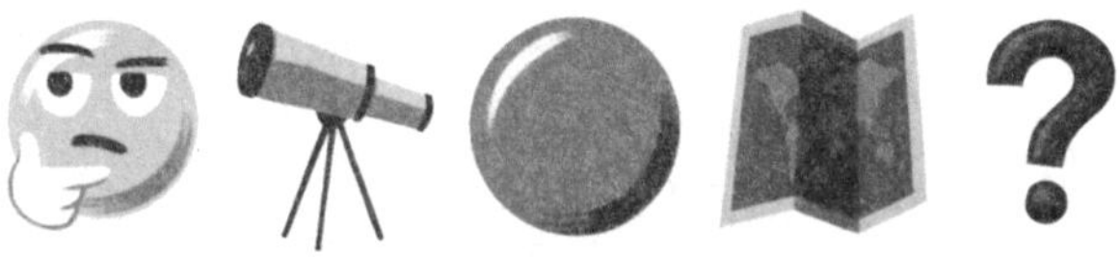

Le ofrecí una traducción:

—¿Qué esperas encontrar cuando llegues al lugar marcado con el punto rojo en el mapa?

Se encogió de hombros y apartó la vista.

—No... No lo sé.

—Sea lo que fuere, la ubicación debe haber sido importante para tus padres —comentó Ceeron.

—Ahora es lo único que importa. —Deslizó el pulgar sobre los colores gastados del mapa—. Tengo que llegar allí. No puedo decepcionarlos.

—Es tu propósito —dijo Ceeron. Emma alzó la vista.

—¿Qué?

Ceeron nos señaló a SkD y a mí.

—Nuestro propósito es instalar paneles solares. El tuyo es llegar al punto rojo.

Una sonrisa apareció en las facciones de la humana.

—Sí. Supongo que lo es.

Guardó el mapa en la mochila. Se puso de pie y nos miró con intensidad. Sus movimientos tenían una energía nueva. Y no creía que fuera solo gracias al cubo de proteínas.

—Muy bien. —Aplaudió—. Probablemente no debería hacer esperar a mi propósito.

SkD giró en un círculo, su pantalla brilló con signos de exclamación.

Ceeron nos señaló la dirección correcta.

—¡A rodar por el camino!

00101010

El bosque se abrió y apareció la vista de las montañas. El paisaje hizo que detuviera mis movimientos.

Aquellas montañas parecían una cortina en el trasfondo de mi vida. Las había visto muchas veces.

Cada día.

Durante doce años.

Pero nunca así.

Nunca tan grandes.

Las montañas ocultaban más el cielo que nunca. ¿Habían crecido?

Durante 0.001 segundos creí que había un error en mi configuración visual. Luego, me di cuenta.

Las montañas no habían crecido.

Estaban *más cerca.*

Yo era una máquina muy avanzada. No debería asombrarme algo tan básico. Estaba preprogramado con el concepto de **perspectiva:** *cuanto más cerca estás de algo, más grande parece.*

Entonces, ¿a qué se debía la confusión?

Supongo que es simplemente la clase de truco que la mente le juega a su dueño. Incluso cuando esa mente está hecha de circuitos, incluso cuando su dueño está hecho de metal.

Si cambias tu punto de vista, ves el mundo de modo diferente.

Comencé a caminar de nuevo.

Con cada paso, las montañas parecían mayores.

00101011

Atravesamos un campo abierto. El césped alto se mecía alrededor de mis rodillas y casi engullía por completo a SkD. Solo veía la parte superior del pequeño robot asomando en el mar verde.

Ahora que habíamos abandonado la sombra del bosque, Emma entrecerró los ojos ante el brillo fulminante del sol.

Cubrió su rostro con la mano.

—No sabía que el sol podía ser tan… soleado.

Mi base de vocabulario vibró con una palabra que nunca había necesitado saber hasta ahora. **Bronceado**. La mayoría de los humanos soportaba varios minutos/horas bajo la luz directa del sol antes de que su piel se quemara. Pero ¿qué ocurría con un humano que había vivido la vida entera bajo tierra? ¿Que solo había sentido la luz de las lámparas? Tal vez, se quemaría en pocos minutos.

Ya había sectores rojizos en la piel pálida de Emma.

Miré hacia adelante. El campo se extendía durante más de un kilómetro. La sombra aún estaba muy lejos.

Mientras buscaba una solución, Ceeron habló.

—Tal vez puedo ayudar. —Ceeron giró su cabeza 180 grados. Buscó en su mochila metálica y extrajo un panel solar. Había visto al robot gigante hacer esos movimientos miles de veces. Pero nunca con ese propósito.

Ceeron movió el panel sobre la cabeza de Emma para bloquear la luz del sol.

Su propio sector de sombra personal.

Emma alzó su mirada agradecida hacia el panel.

—Esa cosa parece muy pesada. ¿Estás seguro de que no te molesta?

La respuesta de Ceeron fue simple y verdadera.

—Me diseñaron para esto.

Emma bajó la mano. Una sonrisa apareció en su rostro.

—Me siento muy especial. ¡Gracias!

—¡De nada! —respondió Ceeron.

Continuaron caminando de ese modo.

Adonde fuera Emma, el rectángulo de sombra la acompañaba.

00101100

Emma miró a SkD, a Ceeron y luego a mí.

—¿Hace cuánto sois amigos? —preguntó.

Amigos. Conocía la palabra, por supuesto. Estaba preprogramada en mi base de vocabulario. Pero conocer una palabra no era lo mismo que entenderla.

—No somos *amigos* —aclaré—. Somos compañeros de trabajo.

Emma reflexionó al respecto.

—¿Cuánto tiempo habéis trabajado juntos?

Hice el cálculo de inmediato, pero SkD dio la respuesta primero. Un número apareció en su pantalla.

4 5 1 2

Emma frunció el ceño.

—¿Qué significa?

—Es la cantidad de días que hemos trabajado juntos —expliqué.

—Más de doce años —añadió Ceeron, todavía sosteniendo el panel solar sobre Emma.

—¿Habéis trabajado juntos todo ese tiempo y todavía no sois amigos?

—Claro que no.

Ella dejó de moverse. Nosotros hicimos lo mismo.

—Entonces, ¿no pasáis el rato juntos cuando no estáis trabajando? —dijo ella.

—Cuando no estamos en el trabajo, entramos en modo de reposo —respondí.

Emma se rascó la cabeza.

—¿Nunca tenéis tiempo libre? Ya sabéis... ¿para hacer otras cosas?

—¿Cómo qué?

—No sé. —Se encogió de hombros—. Como sentarse. Pasar un rato juntos.

Sacudí la cabeza.

—Los robots no *pasan el rato*. Sería improductivo.

—Sí, pero... —Emma apartó un mechón de su cabello—. Es divertido.

Divertido. Otra palabra que conocía, pero que no entendía.

Emma colocó las manos en su cadera, mirándonos desde su sector de sombra personal.

—Creo que vosotros *sois* amigos. Pero no lo sabéis.

¿Tenía razón? Ceeron, SkD y yo pasábamos el 98 por ciento de nuestras horas despiertos juntos. En ese tiempo, había aprendido cosas sobre ellos. La clase de cosas que solo sabes cuando estás cerca de un robot durante períodos largos de tiempo.

Sabía que Ceeron tarareaba en voz baja mientras trabajaba. Creaba melodías electrónicas que pensaba que los demás no oíamos.

Y que SkD gastaba su batería más rápido que nosotros por hacer giros/zigzags/piruetas mientras trabajaba.

Y que Ceeron siempre golpeaba la parte superior del mismo depósito cada vez que pasaba a su lado. Una vez de camino al trabajo. Una vez de camino a casa. Un ritual que marcaba el comienzo/fin de cada DíaLaboral.

Y que SkD coleccionaba antiguos artefactos humanos. Una lata de gaseosa oxidada. Un solo zapato. Una botella de champú rota. Los guardaba en una hilera ordenada bajo un panel solar en el extremo de nuestro SitiodeTrabajo y añadía a la colección cada objeto nuevo que descubría.

¿Todo este conocimiento implicaba algo más? ¿Podía hacer con esos detalles una ecuación que me dijera si éramos o no amigos? ¿Cómo marcaban los humanos los límites entre amigo/no amigo?

Reflexioné sobre esas preguntas en mi mente, pero la única respuesta que encontré fue esta:

La amistad era algo demasiado complicado para un robot como yo.

00101101

Ceeron/SkD/yo habíamos dejado de comunicarnos con la Colmena. Pero la Colmena aún se comunicaba con nosotros. Un flujo de actualizaciones unilaterales, directo en nuestras mentes. Más tarde por la mañana, un rostro familiar apareció en la red.

El presidente.

Era hora de la transmisión diaria.

Avanzó con suavidad por el DomoDigital. En el fondo, miles de pantallas titilaban. Miles de versiones idénticas del líder.

—Buenos días, robots grandes y pequeños.

PRES1DENTE me hablaba a mí. A todos nosotros. Solo oír su voz familiar hizo que mi sistema operativo zumbara con más suavidad. Tal vez todo lo demás en mi vida había cambiado. Pero esto, al menos, era igual.

Como siempre, comentó los logros del día. Nuestros números subían. Nuestra productividad era siempre alta. Nuestra civilización continuaba haciéndose más inteligente/más fuerte/más rápida/mejor.

En el extremo del DomoDigital, el cubo brillante/plateado se alzó del suelo. PRES1DENTE presionó su dedo sobre el aparador. Proyectó un archivo para la Colmena.

Otro fragmento del Archivo de la Historia Humana.

Esto es lo que vi. Lo que *todos* vimos.

Un hombre en la acera. Su rostro: sucio. Su ropa: raída. Otros humanos pasando con rapidez a su lado. Ignorándolo. Como si fuera invisible.

El hombre no tiene un hogar.

No tiene trabajo.

No tiene un propósito.

Muchos fueron como él hace tiempo. En todo el mundo. Muchos sufrían incluso cuando la sociedad prosperaba a su alrededor. Vimos fotografías. Gráficos. Vídeos. Estadísticas. Un siglo de desigualdad humana, contenido en un archivo fugaz.

PRES1DENTE apartó su dedo de la consola. Regresamos al DomoDigital.

—Por este motivo nuestro mundo nos necesita —dijo—. Somos una corrección de los errores de la humanidad.

Sus ojos resplandecían, dorados como el sol.

El muro de pantallas brillaba.

Concluyó su transmisión con las mismas palabras que siempre decía:

—Y recordad: un robot comparte todo con la Colmena. Un robot no tiene nada que ocultar.

La Transmisión Diaria terminó. El DomoDigital desapareció.

Pero el mensaje de PRES1DENTE permaneció allí.

Cuando miré a Emma, pensé en lo que acababa de presenciar. El sufrimiento y la crueldad. Los errores de la humanidad.

Un recuerdo titiló en lo profundo de mi cerebro. Ella no era responsable por lo que había ocurrido antes de su nacimiento. En el tiempo que habíamos pasado a su lado, no había causado sufrimiento alguno, no había mostrado signos de crueldad.

Pero ¿y si solo era cuestión de tiempo?

¿Y si todos los errores de la humanidad ya estaban dentro de la programación de Emma?

—Oye, XR… ¿Estás bien?

La voz de Emma interrumpió mis pensamientos. Debía haber notado la forma en que la miraba. Mis ojos eran fríos y firmes.

Comprendía la confusión de la niña. Ella no era parte de la Colmena. A diferencia de nosotros, ella no había visto la Transmisión Diaria.

Emma dio un paso hacia mí.

Yo retrocedí la misma distancia.

Ella inclinó la cabeza hacia un lado.

—¿He hecho algo mal?

No/Sí.

No/Sí.

No/Sí.

No/Sí.

Mientras esas opciones recorrían mi circuito, mi memoria reprodujo las palabras finales de la Transmisión Diaria de PRES1DENTE.

Un robot comparte todo con la Colmena. Un robot no tiene nada que ocultar.

Era una promesa que PRES1DENTE nos hizo. Una promesa que significaba que todos éramos parte de una red mayor. De que nuestra civilización estaba basada en la unidad/la confianza.

Yo había roto esa promesa.

No le había hablado a la Colmena sobre Emma.

Ocultaba la verdad.

Aquella certeza daba vueltas por mi circuito. Mi cableado interno parecía retorcido en nudos.

Pero al menos sabía *esto*:

Pronto, nos libraríamos para siempre de la humana.

00101110

Durante treinta y dos minutos y doce segundos, caminamos sin hablar, escuchando solo el sonido de nuestros pasos. Y el rodar de SkD. Y el viento rozando las ramas de los árboles. Y los pájaros intercambiado llamadas. Y el ruido de los insectos.

En varios momentos, quise decirle algo a Emma. Ofrecer una explicación. Por la forma en que la miré antes. Por pensar lo peor de ella.

Pero no dije nada.

Y sin mis palabras, otros ruidos llenaron el silencio.

El zumbido suave de nuestros cuerpos mecánicos. Una ramita rota bajo el pie de Emma. Y el césped alto que se balanceaba atrás/adelante. Y el correteo de las ardillas sobre una rama.

Y un murmullo distante.

Basándome en la frecuencia, sonaba como un trueno. Casi. Subí al máximo el volumen de mi configuración de audio. Y escuché. Esto es lo que oí:

Un tren a lo lejos.

Me detuve. Ceeron/SkD también.

Emma continuó caminando durante 2.1 segundos. Cuando notó que ya no la seguíamos, nos miró.

—¿Por qué os detenéis?

—De ahora en adelante, debes permanecer oculta —dije.

Emma observó el paisaje a su alrededor.

—Pero estamos en medio de la nada.

Pensé en su respuesta.

—¿Cómo puedes estar en medio de un lugar que no existe?

Ceeron habló.

—Creo que es una expresión humana.

—Típico —respondí.

—¿Por qué dices eso? —preguntó Ceeron.

—Porque los humanos están llenos de expresiones que no tienen sentido alguno. Por definición, la *nada* no tiene límites. Es un vacío. Por lo tanto, es imposible estar en medio de...

—¡Oíd! ¡Cabezas de metal! —Emma aplaudió—. ¡Concentraos!

Ceeron/SkD/yo la miramos.

—¿Podría alguien decirme por qué de pronto necesito esconderme? —preguntó ella.

SkD señaló adelante. Su pantalla ofreció una respuesta.

Emma miró la pantalla del pequeño robot. Analicé sus facciones. Confusión/frustración.

—Hay una estación de tren a dos kilómetros de aquí —expliqué.

—Cuanto más nos acercamos a ella —prosiguió Ceeron—, más probable es que te vea otro robot.

—Debes permanecer escondida hasta que localicemos tu tren —dije.

—¿Qué tren? —preguntó Emma.

—Analizamos tu ruta —expliqué— y vimos que un tren de carga automático hace una parada muy cerca de tu destino.

SkD habló.

Traducción: *Con el tren, llegarás allí a las tres en punto.*

El entusiasmo apareció en las facciones de Emma.

—¡Genial! No sabía que estábamos tan cerca.

Reproduje en mi mente lo que ella acababa de decir. Una palabra sobresalía. Estábamos.

—No iremos contigo en el tren —aclaré. La sonrisa desapareció del rostro de Emma.

—¿No?

Ceeron sacudió su gran cabeza metálica.

—Debemos regresar a la granja solar. A nuestros empleos.

Un símbolo apareció en la pantalla de SkD.

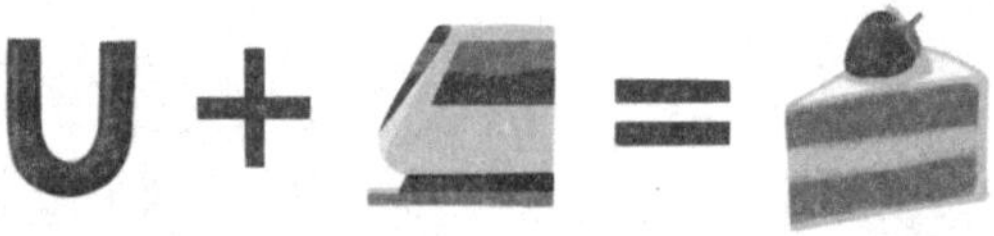

No lo entendía.

—¿Dices que servirán tarta en el tren?

Ceeron sacudió la cabeza.

—SkD dice que cuando Emma aborde el tren, el resto de su viaje será tan fácil como comer tarta.

SkD asintió.

Aquello no alegró a Emma. La humana se mordió el labio. No dijo nada.

Así que hablé.

—Hemos analizado todas las probabilidades. Este es el mejor curso de acción. Para todos.

—Bueno. —Emma posó sus ojos marrones/verdes en el suelo—. Lo entiendo.

Las palabras de Emma indicaban aprobación. Pero el resto de ella, no. Realicé un análisis.

Su tono: bajo.

Su expresión facial: triste.

Sus hombros: encorvados.

—¿Qué ocurre? —pregunté.

Alzó sus hombros caídos. Un poco.

—No es nada. De verdad.

Sus palabras decían una cosa. Pero todo lo demás decía otra.

Ese debía ser otro fallo humano.

Pensé en las miles de razones posibles por las que ella podría sentirse mal. Escogí la más probable.

—¿Le tienes miedo a los trenes?

Una risa se escapó de la garganta de Emma. Pero no era una carcajada feliz. Era la clase de risa que parece una manta, que cubre otras emociones.

—¿Cómo voy a saber si les tengo miedo a los trenes? —susurró—. Nunca he visto uno.

Intercambié una mirada con mis compañeros. Ceeron se encogió de hombros.

Centré mi atención en Emma.

—Pero ¿algo te *molesta*?

Ella puso los ojos en blanco.

—Pues… bah.

Busqué en mi base de vocabulario la palabra *bah*.

Cero resultados.

—¿Sabes algo, XR? —Emma alzó la vista hacia la mía—. Para ser una máquina superavanzada, a veces eres bastante tonto.

No sabía cómo responder a eso, así que no dije nada.

Emma suspiró. Cuando habló de nuevo, su voz ya no era de enfado.

—Lo siento. Pero es que… —Alzó las manos, luego las dejó caer—. Durante días me he despedido de todos los que conocí. Mis padres. Mis amigos. No creí que tendría que despedirme de nuevo. No tan pronto.

Miré a SkD, esperando que una imagen apareciera en su pantalla. Un símbolo. Un dibujo con un significado más profundo. Algo que cortara la niebla de palabras como una luz, algo que consolara a Emma e hiciera más fácil aquel adiós permanente.

Pero la pantalla de SkD permaneció oscura.

No había nada que pudiéramos decirle a Emma, nada que pudiéramos mostrarle. Cuando se marchara en su tren, continuaría avanzando en dirección a su propósito.

Y nosotros volveríamos al nuestro.

Ceeron se agachó cerca del suelo.

Sin otra palabra más, Emma ingresó en su mochila.

00101111

Antes de ver a cualquier otro robot, los oí. El zumbido de los drones voladores. El gruñido distante de las furgonetas autónomas. El ruido de los trenes de carga automáticos.

Ajusté mi configuración de equilibrio mientras subíamos una colina levemente inclinada. En la cima, pude ver el panorama de la actividad robótica abajo.

Las grúas cubrían el cielo. Movían sus brazos fuertes arriba/abajo/izquierda/derecha. Abrían/cerraban las manos.

Cientos de furgonetas esperaban pacientes bajo el horizonte de grúas para que estas sujetaran el cargamento en el aire y lo depositaran con cuidado en los trenes.

Robots de toda clase de formas/tamaños clasificaban el inventario y reparaban el equipamiento.

Permanecí quieto un instante, observando la marea tecnológica de abajo. El flujo constante de objetos de un lado a otro. Miles de mentes conectadas en una red, todas trabajando como si fueran una sola. Cada robot cumplía con su único propósito en nuestra civilización de expansión infinita.

Excepto nosotros.

Mis compañeros y yo no encajábamos. No estábamos diseñados para ese lugar. No debíamos estar allí.

Ese no era nuestro propósito.

Sin embargo… allí estábamos. Ni por asomo cerca de nuestro SitiodeTrabajo, más lejos de casa de lo que jamás habíamos ido, con una humana escondida dentro de la mochila de Ceeron.

Mientras atravesábamos la EstacióndeTren, ninguno pronunció palabra. SkD no zigzagueó ni hizo piruetas. Miramos al frente, avanzando junto a flotas de otras máquinas, haciendo nuestro mayor esfuerzo por pasar desapercibidos. Solo tres robots moviéndose en una multitud de robots. Nada que ver aquí.

Una furgoneta circuló a nuestro lado.

El brazo largo de una grúa sobrevoló nuestras cabezas.

Los trenes siseaban y resoplaban.

Avanzamos por el laberinto de contenedores de metal. Cada cierto tiempo, la mano fuerte de una grúa alzaba uno repentinamente en el aire.

Seguí el GPS dentro de mi cabeza. Mi sistema de orientación personal estaba desconectado de la Colmena. Solo yo podía acceder a las directivas.

Izquierda.

Derecha.

Derecha.

Izquierda.

Giré en la próxima esquina y por poco colisioné con otro robot. Una caja gris con ruedas. Así era. En el centro de su cuerpo rectangular tenía un único ojo redondo/negro. En sus brazos, llevaba una caja con baterías.

Escaneé su código de barras.

BotExtractor.

El robot cuadrado se detuvo abruptamente. Dentro de su caja, cientos de baterías temblaron.

Ninguno de nosotros se movió.

O habló.

¿Y si preguntaba qué hacíamos allí? Busqué 800.017 respuestas posibles. Ninguna era convincente.

El ojo del BotExtractor se posó en mí, luego en SkD y después en Ceeron. Mientras miraba su rostro metálico plano, las luces de advertencia estallaron en mi mente.

PELIGRO/PELIGRO/PELI—

El BotExtractor se movió de nuevo. Rodó a nuestro lado y desapareció detrás de un contenedor. Cuando el sonido de su motor desapareció, mi sistema operativo volvió a la normalidad.

Intercambié una mirada con mis compañeros.

Ceeron emitió un gruñido nervioso.

—Estuvo cerca.

—Vamos. —Yo ya había comenzado a caminar—. Emma tiene que subir a un tren.

00110000

Todos los trenes eran exactamente iguales. Sus cuerpos largos y esbeltos se extendían sobre las vías como serpientes metálicas enormes. Sus narices chatas brillaban blancas bajo la luz del sol del principio de la tarde.

Este no era el destino final de ninguno de ellos. La estación era un lugar intermedio. Un lugar para cargar/descargar cargamento. Un lugar entre el Punto[A] y el Punto[B].

Pero ¿cuál llevaría a Emma a *su* Punto[B]?

Pasé de un tren a otro, escaneando sus códigos de barras hasta localizar el correcto.

Señalé.

—Es este.

Ceeron rotó su cabeza ciento ochenta grados para mirar su propia mochila.

—Ahora puedes salir.

El robot gigante se agazapó. Un momento después, Emma salió de la mochila.

Observó a su alrededor. Cuando movió la vista en mi dirección, de pronto, bajó la mirada. Tensó la boca y formó una línea recta.

—Supongo que debemos hacer esto rápido, ¿no? —Hablaba en un murmullo bajo—. No queremos que otros robots nos vean.

—¿Estarás bien en el tren? —preguntó Ceeron.

Emma asintió.

—Espero que encuentres lo que buscas —dije—. Y que valga la pena.

—Gracias. —Emma me miró—. Por todo.

Ceeron abrió la puerta del contenedor más cercano. En el interior había un cargamento de cajas apilado en orden. El robot grande alzó con cuidado a Emma del suelo y la depositó dentro del contenedor de metal.

En ese instante fue cuando todo salió muy/muy mal.

00110001

¡CLANG!

La puerta del contenedor se cerró con un golpe. Sola. Con Emma dentro. La sorpresa recorrió mi circuito. Unas luces rojas cegadoras explotaron detrás de mi puerto visual.

PELIGRO/PELIGRO/PELIGRO/PELIGRO/PELIGRO
PELIGRO/PELIGRO/PELIGRO/PELIGRO/PELIGRO
PELIGRO/PELIGRO/PELIGRO/PELIGRO/PELIGRO
PELIGRO/PELIGRO/PELIGRO/PELIGRO/PELIGRO
PELIGRO/PELIGRO/PELIGRO/PELIGRO/PELIGRO

Sujeté la puerta y jalé lo más fuerte que pude.

Nada.

La puerta no cedía.

—Déjame intentarlo. —Ceeron extendió a mi lado su brazo metálico inmenso. Sujetó la puerta. Y…

Todavía nada.

Ceeron intentó usar las dos manos. Un gruñido electrónico escapó de su puerto de audio. Sus ojos blancos perdieron brillo. El esfuerzo por abrir la puerta drenaba su sistema, pero de todas formas… no era suficiente.

La puerta no se abriría.

Emma estaba atrapada dentro.

SkD rodó en un círculo pequeño, con signos de interrogación brillantes en toda su pantalla.

Mi respuesta salió en un sinfín verbal.

—No lo sé. No lo sé. No lo…

Tartamudeé y me detuve. Una actualización apareció en la Colmena.

FormadeVida desconocida infiltrada en cargamento.

Clausura de contenedor en ejecución.

Cada contenedor debía tener su propio sistema de seguridad. Sensores y cierres automáticos para proteger el cargamento de los animales.

Debería haber sabido que esto pasaría. Debería haberlo predicho. ¿Cómo pude haber estado tan poco preparado?

Un instante después, la respuesta cobró forma:

Porque nunca había hecho nada de esto. Y mis compañeros tampoco. Habíamos pasado la vida entera siguiendo exactamente la misma rutina. Casa/Trabajo/Dormir/Repetir. Cada día era igual al anterior/siguiente. Nunca habíamos salido de los límites de nuestra programación, de nuestro propósito, de nuestros trabajos.

Hasta ayer.

Hasta Emma.

Ahora todos los algoritmos que controlaban nuestras acciones estaban enredados. Y solo nos quedaban situaciones impredecibles.

Situaciones como *esta.*

Estábamos a un lado de la puerta metálica gruesa.

Y Emma estaba en el otro.

Mientras procesaba eso, otra actualización apareció en la Colmena.

Expulsión en proceso.

Una sombra avanzó en nuestra dirección. Alcé la vista justo a tiempo para ver el movimiento del brazo de una grúa en el cielo. Una única garra metálica colgando del extremo del brazo.

La grúa aplastaría a Emma.

00110010

Miré la inmensa garra de metal en el cielo. Dos dedos enormes/metálicos formaban una *U* invertida. Mientras se movía hacia nosotros, calculé la distancia/altura/velocidad/trayectoria.

Treinta y dos segundos.

Ese era el tiempo que teníamos antes de que la garra sujetara el contenedor en el que estaba Emma. Antes de perder cualquier esperanza de salvarla.

Hablé con mis compañeros.

—¿Qué deberíamos hacer?

Ceeron emitió un zumbido bajo de incertidumbre.

—No lo sé.

Más signos de pregunta llenaron la pantalla de SkD.

El tiempo pasaba. Nos quedaban veintiocho segundos.

Mi sistema estaba colapsado por luces brillantes/alarmas estridentes/mensajes de alerta. Mis transmisores internos estaban sobrecalentándose. Pasaban demasiadas cosas al mismo tiempo.

Desactivé las alarmas. Las distracciones desaparecieron. Centré mi atención en el contenedor sellado. Mi atención hizo más/más/más *zoom*.

La puerta cerrada...

... se desliza sobre una vía metálica...

... que está sujeta por veinte tornillos.

Sabía qué hacer.

Señalé la vía de metal.

—Este es el punto más débil. Si retiro esos tornillos, tal vez podremos aflojar la puerta.

SkD giró con entusiasmo.

—¡Gran idea! —exclamó Ceeron.

Comencé de inmediato. La punta de mi dedo bajó y surgió un destornillador. Ajusté la configuración. En vez de girar en sentido horario, el destornillador lo hizo en sentido contrario.

¡*VRRRRP!* El tornillo rotó rápido (fuera/fuera/fuera) hasta que logré retirarlo por completo. Cayó al suelo.

Uno menos. Quedaban diecinueve.

Quité el siguiente tornillo. Y luego otro más. Un proceso que había realizado millones de veces. Todos esos transformadores que había instalado en los paneles solares a lo largo de los años... esta era la misma acción. Solo que a la inversa. En vez de colocar tornillos, los quitaba.

Pero no a la velocidad suficiente.

—Nos quedamos sin tiempo. —Miré la garra metálica. Llegaría al contenedor en diecinueve segundos. Necesitaba el doble de tiempo para quitar el resto de los tornillos—. Tenemos que pensar en otra cosa. En algo más.

SkD trinó. Un símbolo brillante apareció en su pantalla.

El robot extendió sus brazos mecánicos. Las llamas aparecieron en sus garras. Intensas/brillantes/rojas. En la granja solar, SkD solía usar el calor para soldar cables. Pero el fuego tenía la temperatura suficiente para otro propósito.

Para cortar acero.

Ceeron alzó al robot más pequeño hacia la vía. Las llamas siseaban y chisporroteaban desde las manos de SkD y convertían el metal en algo anaranjado/rojizo mientras cortaba la vía.

Regresé a mi tarea de retirar tornillos. Uno tras otro. El tiempo pasaba.

Catorce segundos.

Trece segundos.

Doce segundos.

El chillido de mi destornillador se mezclaba con el siseo de las antorchas de SkD. Nuestros movimientos fluían juntos, formaban un ritmo propio. Tres robots trabajando hacia el mismo objetivo.

Era como estar en la granja solar.

Y a su vez era completamente distinto.

Ocho.

Siete.

Continuamos, cada uno haciendo su tarea única/esencial. Estaba comenzando a quitar el último tornillo cuando un sonido resonó en mis puertos de audio.

¡CLANK!

El sonido era inconfundible. Una garra gigante sujetando paredes metálicas. Antes de que pudiera retirar el último tornillo, el contenedor comenzó a moverse.

Arriba/arriba/arriba.

Y lejos de mi alcance.

00110011

Observé al contenedor mientras subía al cielo, con Emma en su interior. No había nada que yo pudiera hacer.

En cambio, Ceeron…

El bot inmenso depositó a SkD en el suelo. Un segundo después saltó en el aire.

La sorpresa recorrió mi circuito. Para ser una máquina tan pesada, la habilidad para saltar de Ceeron era impresionante. Aterrizó en el suelo, extendió sus brazos largos y sujetó el contenedor.

El cambio de peso hizo que la caja metálica gigante se balanceara de un lado a otro. Pero Ceeron no la soltó. Escaló por el lateral del contenedor hasta que alcanzó el punto donde la puerta conectaba con la vía. La hilera de tornillos retirados y acero quemado. El punto más débil.

Ceeron la sujetó con más fuerza. Y luego tiró.

El último tornillo salió.

La vía se soltó.

El metal gruñó.

Ceeron también.

La puerta se plegó hacia abajo, poco a poco, y formó una abertura en el contenedor.

Me sorprendí al emitir un *hurra* electrónico y agudo. SkD dio vueltas de entusiasmo alrededor de mis tobillos.

Cuando la abertura tuvo la amplitud suficiente, Emma asomó la cabeza por la salida improvisada. El viento sacudía su cabello en todas direcciones. Ella miró hacia abajo, con los ojos abiertos de par en par. Analicé su patrón facial. Su expresión era una mezcla extraña de alivio y miedo.

Alivio porque: ya no estaba atrapada dentro del contenedor.

Miedo porque: el contenedor estaba muy lejos del suelo. Y subía más a cada milisegundo.

—¡Emma! —exclamó Ceeron—. ¡Sube a mí!

Parecía insegura.

—Pero ¿cómo bajaremos?

—¡No te preocupes! Te mantendré a salvo.

Emma posó los ojos en Ceeron y luego en el suelo debajo de ellos.

—Pero ¿quién te mantendrá a salvo *a ti*?

Apenas oía sus voces. Subían cada vez más, alejándose. El sonido de la grúa era más alto que la voz de Ceeron. Mis puertos de audio solo fueron capaces de detectar tres palabras.

—Confía en mí.

Emma asintió una vez. Luego, salió por la abertura y se deslizó sobre la superficie de metal doblado.

Las alarmas sonaron en mi mente. Cada vez que silenciaba una, dos más chillaban.

Ceeron alzó su mano libre, sujetó a Emma y con cuidado la sacó del contenedor.

El robot grande aferró a la pequeña humana contra su pecho.

Luego, soltó el contenedor.

Y los dos comenzaron a caer.

00110100

Mi configuración visual cambió a cámara lenta. Mirando hacia arriba, tenía tiempo suficiente para observar cómo se desarrollaba el desastre.

Y no había forma de evitarlo.

Ceeron caía.

Abajo/abajo/abajo.

Emma estaba aferrada entre el brazo y el pecho del robot.

Mientras Ceeron caía, todo su cuerpo parecía plegarse sobre Emma, rodeando a la humana con una capa protectora, cubriéndola.

Sabía lo que sucedería.

La colisión estaba a punto de suceder.

00110101

Un trueno.

Así sonó cuando Ceeron golpeó el suelo. Como un trueno en medio de una tormenta intensa.

El metal estalló contra el cemento.

El suelo tembló.

La vibración sacudió todo mi sistema.

A medida que el estruendo del impacto desaparecía, mi configuración de audio filtró todos los otros sonidos. El tintineo/el resoplido/el rugido de una estación de tren atareada. Me concentré en escuchar solo a Ceeron.

El robot yacía perfectamente quieto en el lugar donde había colisionado contra el suelo. Tenía las rodillas y los brazos plegados alrededor de Emma. No se movía. No hablaba. Emma tampoco.

El único sonido era el silencio.

00110110

—¡Ceeron! ¡Emma! ¿Estáis bien?

Durante 1.2 segundos, no hubo respuesta. Luego oí una voz humana baja, amortiguada por el metal.

—Estoy bien —dijo Emma. Vi que asomaba parte de su rostro por el hueco entre el brazo y el torso de Ceeron—. Solo un poco golpeada. Nada más.

SkD chilló mientras encendía su pantalla.

—¡Me has salvado, Ceeron! —dijo Emma—. ¡Has estado maravilloso! Has sido…

Su voz vaciló. Tensó las manos sobre el gran brazo metálico del robot.

—¿Ceeron?

La pregunta no obtuvo respuesta.

Solo veía una fracción del rostro de Emma, pero la preocupación en su expresión era evidente.

—¿Ceeron? Vamos, grandote. Sé que estás bien. Di algo.

Ceeron permaneció en silencio. Sus ojos blancos generalmente brillaban. Ahora, estaban vacíos/oscuros/apagados.

Mi almacenamiento de memoria reprodujo un momento que había ocurrido antes aquel día. *Creo que vosotros* sois *amigos. Pero no lo sabéis.*

¿Acaso ella tenía razón? En ese momento, no estaba seguro. No hay ningún algoritmo avanzado que pueda decir si alguien es o no es tu amigo. Es algo que debemos decidir por nuestra propia cuenta.

Y yo acababa de decidirlo.

Miré a Ceeron. Una masa inerte de metal y circuitos que había conocido desde el Día[1]. Junto a quien había trabajado durante doce años. Quien se había sacrificado para salvar a una humana ilegal.

Tomé la decisión. Escogí, sin calcular o medir nada.

Simplemente... lo *supe*.

Ceeron era mi amigo.

Me pregunté si tendría la oportunidad de decírselo.

Los pequeños puños de Emma sujetaron el brazo de Ceeron desde el interior de la cáscara formada por su gran cuerpo metálico. Emma murmuró en voz baja/triste/desesperada.

—Vamos, Ceeron. Sé que puedes oírme. Por favor, despiértate, ¿sí? *Por favor.*

Debajo del audio de su voz/sus puños, oí otros sonidos.

Un pulso eléctrico.

Un zumbido electrónico constante.

Un latido profundo de voltaje brotando a través de millones de circuitos.

Actualicé mis archivos con la información nueva.

Después de todo, Ceeron no estaba muerto.

Estaba reiniciándose.

00110111

Los ojos de Ceeron parpadearon. El brillo blanco regresó. Cuando habló, la estática se aferraba a su voz grave, como un gemido electrónico largo.

—Oooohhh. —Su configuración vocal se ajustó para formar palabras—. Estoy temblando mucho, como la gelatina.

Tardé 0.6 segundos en que mi mente comprendiera la oración de Ceeron. Mi sistema vibró al reconocerla. La broma que contó ayer. *¿Por qué la gelatina fue al hospital?*

—Tal vez necesitas una gelambulancia —sugerí.

Emma parecía muy confundida.

—Eh… ¿qué?

—Es… —Ceeron ajustó de nuevo la configuración vocal— … una broma interna.

Una sonrisa de alivio apareció en la cara de Emma.

—Los robots sois muy extraños.

Me puse de rodillas más cerca de Ceeron y busqué en mi archivo mental qué decir. Miles de posibilidades parpadearon por mi hardware. Era imposible elegir entre ellas.

Comencé a acercar una mano al hombro del robot más grande. En el último milisegundo, cambié de opinión.

—Me… —Mi circuito zumbaba con incertidumbre—. Me alegra descubrir que has sobrevivido. Sería una desgracia perder a un… compañero de trabajo tan valioso.

Una palabra apareció en mi cerebro. **Amigo.** La hice a un lado. El sistema de Ceeron aún estaba recuperándose. No había motivo para añadir confusión extra.

Ceeron desplegó su cuerpo de metal. Sus articulaciones crujieron mientras enderezaba los brazos/las piernas, haciéndole más espacio a Emma.

—Listo. —Ceeron miró a la humana—. Ahora puedes moverte otra vez.

Pero Emma no se apartó. En cambio, permaneció sobre el pecho amplio de Ceeron, sujetándolo con fuerza, como si temiera que los dos fueran a volar de nuevo por el aire.

—Gracias —susurró ella.

—De nada —respondió Ceeron.

La humana se deslizó y bajó del pecho de Ceeron.

—¿Puedes ponerte de pie?

—Descubrámoslo.

El robot grande logró ponerse de pie despacio, gruñendo todo el tiempo. Cuando se giró, mi atención aterrizó en su mochila. Era la parte de su cuerpo que había golpeado primero contra el suelo. Una grieta irregular atravesaba en zigzag la superficie metálica. Una marca que sin duda no había estado allí antes de la caída.

Emma también la notó. Dio un grito ahogado.

—Ay.

—¿Qué? —Ceeron giró su cabeza ciento ochenta grados, pero era incapaz de ver el exterior de su propia mochila—. ¿Algo va mal?

Vacilé 0.3 segundos. Después de lo que acababa de vivir, no quería añadir otro shock al sistema de Ceeron. Quizás era mejor dar la noticia con sutileza.

—Tienes... —Una **grieta gigante**. Esas palabras parpadearon en mi drive de vocabulario. Las cambié—. Un rasguño leve. En la parte externa de tu mochila.

Emma inspeccionó el daño.

—Parece una cicatriz.

SkD trinó e hizo una pregunta.

Ceeron sacudió la cabeza de un lado a otro.

—No, no duele. No siento nada.

—Creo que es interesante —dijo Emma—. Hace que parezcas un robot duro. Quizás deberías hacerte un tatuaje aprovechando la ocasión.

Aún me resultaba difícil identificar cuándo la humana bromeaba. Esperaba que esta fuera una de esas veces.

Nuestra conversación se detuvo cuando la pantalla de SkD comenzó a parpadear.

El mensaje era claro. Aún había una alerta de seguridad en la Colmena. Estábamos rodeados por máquinas hostiles.

Era hora de marcharnos.

Pero antes de que cualquiera de nosotros pudiera moverse, oí un sonido. Ruedas girando sobre el concreto. Hice un análisis de audio.

Resultado: BotsExtractores. Muchos.

En dirección a nosotros.

00111000

ESCAPAR/ESCAPAR/ESCAPAR.

Las advertencias recorrían mi cableado a toda velocidad. Oía a los BotsExtractores acercándose. Necesitábamos correr/huir/escondernos.

Pero ¿dónde?

Inspeccioné nuestro entorno, pero un sonido capturó mi atención. Un siseo murmurante. Un instante después, vi qué causaba el ruido. Un tren de carga estaba saliendo de la estación.

Las ecuaciones tomaron forma. Velocidad. Aceleración. Distancia.

Resultado: teníamos el tiempo justo para cruzar la vía. Si llegábamos al otro lado a tiempo, el tren acelerado crearía un muro entre **nosotros** (a un lado de la vía) y los **BotsExtractores** (al otro lado).

Pero debíamos movernos **ya.**

Señalé.

Emma cruzó primero. Luego SkD. En la periferia de mi puerto visual, vi al tren de carga avanzando. Ganando velocidad. Acercándose a cada segundo.

Pisé la vía.

Pero cuando intenté avanzar, mi pie no respondió. Bajé la vista. La comprensión recorrió mi circuito.

Tenía el tobillo atascado en la vía.

Tiré de mi pie. Lo empujé. Lo roté.

Nada funcionaba.

Era incapaz de avanzar.

O de retroceder.

El tren corría a toda velocidad hacia mí. No necesitaba cálculos complejos. O una programación sofisticada. No necesitaba algoritmos o probabilidades o tecnología avanzada para comprender lo que estaba a punto de ocurrir.

El tren me atropellaría.

00111001

¡KABUM!

El impacto me hizo caer. En el aire. Anuló mis sentidos. Abrumó mis sensores.

El mundo era un borrón salvaje.

Ruido/Movimiento/Giros/Caos/Lanzamiento/Caída/Golpe.

Colisioné con fuerza contra el suelo. Oía el sonido del metal rayando el cemento mientras patinaba de lado. Y, de alguna forma, en medio de todo esto…

Permanecí vivo.

Y entero.

¿Cómo era posible? El tren era demasiado grande/poderoso/rápido. Analicé 1.745 escenarios hipotéticos de impacto. No sobrevivía en ninguno. Sin embargo… sentí que el tren me golpeaba. Sentí que me alzaba en el aire.

Permanecí en el suelo otro segundo, confundido. Luego, experimentalmente, alcé mi brazo. Mi pierna. Sacudí los dedos de los pies. De las manos. Todo parecía funcionar bien.

Pero… *¿cómo?*

La pregunta daba vueltas por mi cerebro como una canica.

Alcé la cabeza y miré a mi alrededor. Allí fue cuando vi a Ceeron. Agachado a mi lado. Y de pronto, lo comprendí.

No me había golpeado un tren.

Me había golpeado *Ceeron.*

El robot inmenso debía haberme empujado. Para soltar mi pie. Hizo que volara por el aire. Que golpeara con fuerza el cemento.

De rodillas, coloqué una mano sobre el hombro de Ceeron.

—¡Me has salvado! —Tuve que hablar a máximo volumen para que me escuchara por encima del aullido del tren—. Gracias…

Amigo.

Ahí estaba de nuevo esa palabra. Resonando en mi mente. Pero no podía decirla en voz alta.

—Ha estado cerca. —Apenas oía la voz de Ceeron por encima del sonido del tren—. ¡Me alegra que estés bien!

—¡A nosotros también! —dijo Emma.

SkD se detuvo junto a ella, pitando y empujándome con su garra mientras unas imágenes aparecían en su pantalla.

Asentí.

—Sí, estoy bien. Pero debemos movernos. No queremos estar aquí cuando pase el tren.

Emma entró en la mochila de Ceeron y nos movimos de nuevo. Mientras avanzábamos con rapidez entre las vías y los contenedores, entre los trenes y las máquinas titilantes, observábamos/escuchábamos con atención en busca de cualquier rastro de otros robots.

Cuando llegamos al límite de la estación, continuamos avanzando.

Cuando el rugido de las maquinarias desapareció, continuamos avanzando.

Cuando cada rastro de la civilización robótica fue reemplazado por la naturaleza, continuamos avanzando.

00111010

—Creo que estamos a una distancia prudente. —Miré hacia atrás. La EstacióndeTren no era más que un punto pálido a lo lejos—. Emma estará a salvo aquí.

Ceeron se agachó.

—¿Lo has escuchado, Emma? Puedes salir.

Esperamos a que la humana bajara de la mochila de Ceeron.

Pero no lo hizo.

Pasó un segundo. Y otro.

Emma aún no aparecía.

La preocupación recorrió mi cableado. Parecía que Emma estaba bien cuando se metió dentro de la mochila de Ceeron. Pero ¿y si…?

¿Y si había resultado herida en la caída?

¿O durante nuestro escape?

¿Y si algo iba mal con ella y ni siquiera lo sabíamos?

—¿Emma? —Miré dentro de la mochila de Ceeron y la vi, acurrucada en ese espacio angosto, sujetándose las rodillas con las manos—. ¿Qué ocurre? ¿Estás herida?

Ella sacudió la cabeza.

—Ya dejamos la EstacióndeTren —dije—. Ahora estamos a salvo. Puedes salir de la mochila.

Pero aún no se movía.

SkD rodó a mi lado. Los signos de interrogación aparecieron en su pantalla. Solo pude encogerme de hombros.

Centré de nuevo la atención en Emma. Sus brazos aún abrazaban sus rodillas en la oscuridad de la mochila de Ceeron.

Como si estuviera oculta dentro de una cueva metálica.

Cuando habló, su voz era más baja de lo habitual.

—¿Te he contado alguna vez qué trabajo hacía mi madre en el búnker?

Busqué en mi almacenamiento de memoria. Un instante después, negué con la cabeza.

—Era científica —explicó Emma—. Siempre experimentaba para encontrar maneras de mejorar la vida en el búnker. Nuevas fuentes de alimento. Mejores formas de reciclar el oxígeno y el agua. Esa clase de cosas.

Tenía muchas preguntas. Para ser exacto: 42.285. Y en primer lugar de esa lista:

¿Por qué?

¿Por qué me contaba esto?

Pero antes de que pudiera preguntar, Emma habló de nuevo:

—En el laboratorio donde mi madre trabajaba, tenían algunas jaulas con ratones dentro. Ratoncitos bonitos y suaves. Cuando era pequeña, me encantaba verlos a través de las barras de sus jaulas. La forma en que corrían de un lado a otro. O mordisqueaban comida. O dormían. Viviendo su vida de ratoncitos, ¿sabes?

SkD emitió un bip. Miré su pantalla.

Bajé el volumen de mi configuración vocal y respondí:

—No sé *por qué* habla sobre ratones.

Emma prosiguió.

—Un día, yo estaba en el laboratorio. Debía tener siete u ocho años. Y le pregunté a mi madre: «¿Por qué tienes ratones en el laboratorio?». Ella alzó la vista del microscopio. Vi que pensaba un segundo. Luego dijo: «Los ratones ayudan a los científicos con sus experimentos». Por supuesto, lo primero que *yo* imaginé fueron ratones que llevaban batas de laboratorio diminutas, toqueteando tubos de ensayo diminutos. —Emma se rio—. Estúpido, lo sé. Pero solo era una niña. Eso fue lo que apareció en mi cabeza.

Su voz resonaba baja contra los muros de metal.

—Obviamente, mi madre no se refería a eso. Solo intentaba que la verdad sonara más agradable de lo que era en realidad. *Experimentaban* con los ratones. Los diseccionaban. Los analizaban. Cuando me enteré, comencé a llorar. Odiaba la idea de que unos ratones inocentes sufrieran y murieran. Todo por culpa de mi madre.

—Pero ella *necesitaba* a los ratones —comenté—. Como sujetos de prueba.

—Eso fue exactamente lo que me dijo. Que los ratones eran *necesarios*. Que podían ser la clave de nuestra supervivencia. Pero no me importó. Miré la jaula de mi ratón favorito. Bigotes. Así lo llamé. Tenía una mancha blanca en la frente y mejillas rechonchas adorables. Y en ese instante, lo decidí: rescataría a Bigotes.

—¿Lo rescataste?

Emma asintió.

—Me escabullí al laboratorio esa misma noche y abrí la puerta de la jaula de Bigotes.

—¿Y? —El brillo de mis ojos se reflejaba sobre los muros de metal de la mochila de Ceeron—. ¿Bigotes escapó?

—Oh, sí. Y mi. Madre. Enloqueció. Lo cual… pensándolo ahora, tiene mucho sentido. Es decir, ¿roedores y búnkeres? No es la mejor combinación. —Emma se rio—. Ella y yo lo buscamos por *todas partes*. Después de un rato, nos rendimos. Supusimos que Bigotes aparecería de nuevo en algún momento. Y sin duda, pocos días después, *apareció*. En el lugar que nunca hubiéramos esperado.

—¿Dónde?

—En su jaula —dijo ella.

Repetí las palabras de Emma en mi almacenamiento de memoria algunas docenas de veces.

—No lo entiendo —respondí—. Creí que habías dicho que Bigotes había *escapado*.

—Lo hizo. Luego regresó.

—¿A su jaula?

—Sip. —Una sonrisa extraña cobró forma en el rostro de Emma—. Bigotes probó la libertad. Pero al final, decidió que prefería su jaula.

Miré a Emma.

Rodeó sus rodillas con los brazos.

Inmóvil.

Acurrucada en la mochila de Ceeron.

Como si estuviera dentro de una cueva metálica angosta.

O en una *jaula*.

Y, por fin, comprendí por qué nos contaba todo eso.

—Te sientes como el ratón —dije—. El búnker era tu jaula. Pasaste toda tu vida allí…

—Y ahora que estoy fuera, solo quiero volver. —Las palabras temblaban mientras salían de la boca de Emma—. Echo de menos mi hogar.

Busqué en mi programación algo que decir. Algo que hiciera sentir mejor a Emma.

Cero resultados.

—Perdonadme por ser tan humana y sensible. —Emma exhaló despacio—. Pero es que… La vida era mucho más simple en el búnker.

—Quizás las cosas serán más fáciles cuando llegues a tu destino. —Pensé en el punto dibujado a mano en su mapa. El punto rojo—. Quizás allí te sentirás en casa. Con el tiempo.

—Quizás.

Con esas palabras, Emma soltó sus rodillas. Inclinó el torso hacia adelante, salió de la mochila de Ceeron y bajó al suelo de un salto.

Los cuatro comenzamos de nuevo a movernos.

Pocos minutos después, miré a Emma.

—¿Qué le pasó a Bigotes?

Ella me miró entrecerrando los ojos.

—*¿Mmm?*

—Después de haber regresado a su jaula —dije—. ¿Qué le pasó?

Una sonrisa apareció en el rostro de Emma.

—Bigotes vivió feliz para siempre.

—¿De verdad?

Emma asintió.

—Después de mi intento de rescate, mi madre sintió pena por Bigotes. Permitió que lo conservara. Tenía su jaula junto a mi cama. Hizo que todo nuestro cuarto oliera a caca de ratón, pero no me importó.

—Espero que algún día tengas lo que Bigotes tuvo.

—¿Caca de ratón?

Sacudí la cabeza de un lado a otro.

—Un final feliz.

Mientras viajábamos, las montañas se alzaban ante nosotros. Más grandes de lo que jamás las había visto y cada vez más cerca con cada uno de nuestros pasos.

00111011

Mi cerebro está lleno de números. Todo el tiempo, un océano de cifras digitales gira debajo de la superficie de mi cráneo de metal suave. En aquel instante, una información particular capturó mi atención:

Batería restante.

A medida que se acercaba el anochecer, observé que mi batería bajaba más/más/más.

Se mantuvo estable durante doce minutos en 52 por ciento. Y luego, como supe que ocurriría, el número bajó.

A 51 por ciento.

Una luz brillante de alarma brilló en mi circuito. Estaba casi al 50 por ciento.

El punto medio.

El punto sin retorno.

Comenzaba cada día con el 100 por ciento de batería. Mientras estuviera por encima del 50 por ciento, aún tendría suficiente batería para darme la vuelta y regresar a casa.

Pero en cuanto llegué al punto medio, era imposible regresar hasta casa. No duraría todo el camino. Tendría que encontrar otro puerto de carga. Otro lugar que no fuera mi hogar.

Nos dirigíamos al sur. Hacia el punto dibujado a mano en el mapa de Emma, que aún estaba a muchos kilómetros de distancia. Hasta entonces, sin discutirlo, mis compañeros y yo habíamos llegado a un acuerdo silencioso. Acompañaríamos a Emma.

Pero ¿hasta dónde?

Si permanecíamos con ella todo el viaje, la probabilidad de supervivencia de la humana era mucho mayor.

Y la nuestra, mucho menor.

Con cada paso que daba, el mar de cifras digitales se agitaba dentro de mis procesadores. Pero solo una de ellas importaba. Y en ese instante, bajó al 50 por ciento…

Y yo continué caminando.

0011100

Bump-bump.

Brummmmm.

Skif-skif.

Oía el sonido de nuestro caminar. Ceeron/SkD/Yo. Nuestros movimientos formaban un ritmo familiar.

Constante/predecible.

Intenté sincronizar los pasos de Emma con los sonidos que nosotros hacíamos, pero fue imposible. No había patrón. Ella caminaba unos metros y luego, de la nada, se detenía a observar un escarabajo en el suelo. O a dar una patada a una pila de hojas. O se detenía, miraba el cielo y observaba las nubes con una expresión que yo no podía interpretar.

A veces, sus pasos eran largos. A veces, eran cortos.

Sus movimientos eran humanos en ese sentido.

*In*constantes/*im*predecibles.

Pronto, llegamos a los restos de una granja vieja. Había un granero en ruinas inclinado y torcido, como un barco hundido. Reconocí un huerto, pero el tiempo y el descuido habían causado que los árboles crecieran salvajes y descontrolados.

Emma caminó entre las hileras crecidas de más, mientras se agachaba bajo las ramas dobladas por el peso de tanta fruta.

Ella agarró un objeto redondo y pequeño y me lo mostró.

—¿Qué es?

Escaneé el objeto y lo busqué en mi base de datos interna.

—Una manzana.

—*Manzana* —repitió la palabra como si nunca la hubiera oído—. ¿Puedo comerla?

Asentí.

—Las manzanas son comestibles.

Ella le dio un mordisco pequeño y luego frunció el ceño.

—¡*Puaj!* ¿Las personas comían esto?

Busqué en mis archivos información extra sobre las manzanas.

—Los granjeros humanos solían ocuparse de sus campos. Podaban los árboles y recortaban sus ramas. No se comían la fruta hasta que tuviera el tamaño y la madurez ideal. Eso mejoraba la calidad y el sabor.

Emma inspeccionó su manzana. Era pequeña y verde.

—Entonces, ¿dices que he escogido una que estaba mala?

—Eso parece.

Lanzó la fruta a un lado y esta atravesó un grupo espeso de ramas.

—No había manzanas en el búnker. ¿Cómo voy a saber cómo es una en buen estado?

A diferencia de la manzana pequeña/verde que Emma había escogido, la imagen en la pantalla de SkD era de color rojo. Escaneé las ramas hasta encontrar una que coincidiera. Pero cuando agarré la manzana…

¡SQUELCH!

La fruta explotó en mi mano. El jugo cayó sobre mi piel metálica.

Identifiqué otra manzana y lo intenté de nuevo. En el Intento[2], tuve cuidado de no apretar con demasiada fuerza la fruta mientras la extraía de la rama.

La alcé para que Emma la viera.

—Creo que este espécimen ha alcanzado la madurez ideal.

—¿Puedo probarla? —preguntó.

Le entregué a Emma la manzana.

Esta vez, cuando la mordió, no puso expresión de asco. En cambio, hundió los dientes de nuevo en la manzana, sonriendo un poco mientras masticaba.

Emma tragó y limpió el jugo de su mentón.

—Vaya, guau. Es oficialmente una de las mejores cosas que he comido.

Cerró los ojos. Un sonido provino de las profundidades de su garganta.

—*Mmmmmm.*

Siempre había agradecido que los robots no necesitáramos comer. Todo ese masticar/tragar/digerir... comida tras comida, día tras día. Y ¿para qué? ¿Para ganar un poco de energía? Es mucho más fácil conectarse a un puerto de carga por la noche.

Comer era otro defecto humano. Siempre había pensado así. Hasta el instante en que vi a Emma con su manzana.

Ahora no estaba tan seguro.

Podía medir el azúcar y la acidez de una manzana, hacer un gráfico de su tamaño y firmeza. Pero nunca sabría cómo era hundir mis dientes en comida nueva, sentir un sabor completamente inesperado explotando en mi boca.

Quizás, después de todo, comer no era un defecto.

00111101

La noche comenzaba a invadir la tarde. Nuestras sombras se extendían a nuestro lado, cada vez más/más/más largas mientras el sol se hundía más/más/más bajo. La luz se desvanecía. Al igual que nuestras baterías.

SkD llamó nuestra atención con un pitido electrónico. Observé las imágenes en su pantalla.

Ceeron asintió.

—Mi batería también está por debajo del 20 por ciento.

—La mía también —dije.

La pantalla de SkD mostró una pregunta.

—No os preocupéis —respondí—. Seguro que encontraremos pronto un lugar para recargarnos.

—¿Y si no lo encontramos? —preguntó Ceeron.

La pregunta flotaba sobre nosotros como una nube. Sabía perfectamente bien lo que ocurriría si no encontrábamos dónde recargarnos. Nuestra batería continuaría disminuyendo, el porcentaje bajaría despacio/constante hasta que...

Llegaría al 0 por ciento.

En ese punto, la electricidad que fluía a través de nuestro circuito se detendría. Todas nuestras funciones vitales dejarían de estar operativas, una por una. Nuestros cuerpos se apagarían. Al igual que nuestra mente.

Estábamos tan lejos de la civilización robótica que era poco probable que otras máquinas nos encontraran. No por mucho tiempo. Quizás nunca lo harían.

Nuestras UnidadesFamiliares tampoco serían capaces de encontrarnos. Había deshabilitado nuestro localizador. Ningún otro robot en la Tierra sabía dónde estábamos.

Una imagen apareció en mi circuito: vi mi propio cuerpo inerte extendido en el suelo. Vi el tiempo pasar sobre mí. Horas/Días/Semanas/Meses/Años. El óxido floreciendo sobre mi piel de metal. Las plantas creciendo a mi alrededor.

Hasta que todo rastro de mí desaparecía.

Borré esas imágenes de mis archivos. No tenía sentido visualizar escenarios que no se habían materializado. Y no tenía sentido angustiar a mis compañeros con el peor escenario posible.

—Encontraremos una solución —dije, moderando con cautela mi tono para sonar más confiado de lo que me sentía—. Solo necesitamos una fuente de electricidad para poder recargarnos.

Continué caminando.

Mi batería bajó al 18 por ciento.

0011110

En la base de la montaña, había un pueblo donde los rastros de la humanidad estaban en medio del proceso lento de ser borrados por la naturaleza. Las casas se habían hundido en la tierra, engullidas por los tentáculos gruesos de las enredaderas. Los automóviles estaban medio enterrados en el lodo, ahogados por hierbas y cubiertos de óxido.

Un lugar completamente muerto.

Y completamente vivo al mismo tiempo.

Los humanos que una vez lo habían llamado *hogar* habían muerto hacía tiempo. Pero el pueblo rebosaba de otros tipos de vida.

Una ardilla olfateaba una pila de ramitas en busca de una bellota. Los arbustos movían sus hojas por la brisa. Una alfombra de musgo cubría una boca de incendio. Moho blanco/verde/negro se aferraba a una alcantarilla rota. Un gato nos observaba desde una esquina. Una línea ordenada de hormigas marchaba sobre la acera agrietada.

Había vida en todas partes.

Emma recorrió la escena con la mirada.

—¿Las personas vivían aquí?

—Sí —dijo Ceeron—. Hace muchos años.

—¿No os parece triste? —Emma frunció el rostro—. Que todas esas personas murieran…

—Era necesario —aseguré—. Los humanos eran una amenaza para el planeta.

—No *todos* los humanos —respondió Emma.

—Quizás no todos. Pero suficientes de ellos. La Tierra estaba al borde de la destrucción. Todo por culpa de los humanos.

Emma señaló algo.

—¿Qué pasa con las personas que vivían aquí? —Seguí su mirada hasta una casa de un piso. El techo estaba hundido. Una rama de un árbol atravesaba una ventana rota—. ¿Dices que las personas que vivían aquí eran una amenaza? —preguntó ella.

Intenté visualizar qué clase de humanos habían habitado este hogar. Quizás iban a arreglar sus uñas a un *nail salon* y asistían al cine. Quizás desperdiciaban dinero en ropa que no necesitaban. Quizás uno de ellos trabajaba en una compañía que contaminaba la Tierra.

O quizás uno de ellos era como Emma. Una niña que no había hecho nada para amenazar nuestro mundo.

No podía saberlo.

Los humanos siempre me habían parecido muy simples antes de que conociera a uno.

Emma continuó hablando:

—Probablemente eran personas normales. Que vivían sus vidas. Y luego…

Su voz se apagó. Otros ruidos llenaron el silencio. El gorjeo de las aves, el sonido de los insectos, el movimiento de los animales entre las hojas. Toda la abundancia de vida a nuestro alrededor que no era humana.

00111111

Llegamos a un grupo grande de edificios interconectados. Mientras el sol se ponía, centré la atención en un cartel colgado afuera. Algunas de las letras habían desaparecido por completo. Otras estaban tan gastadas que apenas podía leerlas.

Esto es lo que vi:

CE RO CO E CIAL DE LA MON ÑA

Coloqué aquella disposición de letras extrañas en un algoritmo de reconocimiento de texto.

Resultado más probable: Centro Comercial de la Montaña.

Cuando le informé de esto a Emma, ella frunció el rostro con confusión.

—¿Qué es un centro comercial?

Por lo visto, no explicaban ese concepto en su búnker.

Accedí a la definición en mi base de vocabulario.

—Centro comercial. Sustantivo. Un edificio o grupo de edificios donde los humanos solían comprar una gran variedad de bienes.

—¡Quizás podemos conseguir provisiones allí! —dijo Emma.

—Quizás —respondí.

SkD emitió un pitido fuerte, intentando captar nuestra atención.

—¿Qué sucede? —pregunté.

El robot señaló entusiasmado el aparcamiento del centro comercial. Había un sector cubierto con paneles planos. Cada uno estaba levemente inclinado y reflejaba los últimos rayos de sol sobre su superficie vidriosa.

Paneles solares.

SkD emitió otro pitido. Unas imágenes aparecieron en su pantalla.

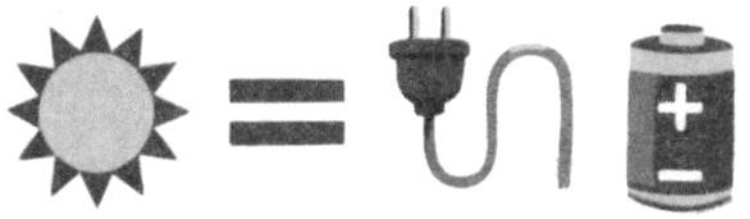

—¡Gran idea! —le dije a SkD—. Si encontramos dónde está canalizada la energía solar, podemos usarla para recargarnos.

Dado que lo más eficiente era separarnos, Ceeron/SkD revisaron la parte cubierta del aparcamiento en busca de puertos de carga mientras Emma/yo entrábamos al centro comercial para localizar provisiones.

Las puertas de entrada estaban destruidas y abiertas. El cristal roto crujió bajo mis pies.

Emma/yo nos adentramos más en el centro comercial. La oscuridad incrementó su presencia a nuestro alrededor.

La naturaleza reclamaba el edificio. Un sector del techo se había venido abajo. El derrumbe estaba desparramado por el pasillo. La vegetación brotaba entre la carcasa retorcida de metal roto. Árboles/arbustos/césped/moho. La enredadera colgaba del agujero en el techo, balanceándose despacio sobre nuestras cabezas.

Emma permaneció cerca de mí. Mis ojos brillantes iluminaban el camino hacia adelante, cubriendo de luz las tiendas y la mercancía dentro de ellas. En todas partes vi más/más/más. Tantas cosas que comprar. Tantos objetos que los humanos pensaban que necesitaban.

Prendas/Perfume/Gafas de sol/Joyería/Muebles/Teléfonos.

Las opciones continuaban sin parar/sin parar/sin parar.

Emma se detuvo. Miró despacio cada una de las tiendas. Inclinó el mentón hacia arriba. En el segundo piso, había aún más negocios.

—Hay *tanto* de todo… —dijo ella. Analicé su tono. Detecté una mezcla extraña de asombro y tristeza, sorpresa y consternación—. ¿Cómo es posible que alguien necesitara todas estas… *cosas*?

Porque los humanos eran defectuosos. Porque siempre querían más de todo. Porque su apetito era insaciable.

Esas palabras parpadearon en mi mente. Palabras dichas por mi UnidadFamiliar. Palabras preprogramadas por los robots que vinieron antes que yo. Palabras que siempre había creído, sin cuestionarlo.

Hasta que Emma llegó a mi vida.

Su voz interrumpió el silencio.

—Entiendo perfectamente por qué pensabais que éramos derrochadores. Teníais razón.

—No. —Mi voz sonó más fuerte de lo que esperaba—. *No* teníamos razón. Nos equivocamos.

Emma me miró, sorprendida. Señaló las tiendas.

—¿Y todo esto? Todas esas tiendas vendían basura que las personas no necesitaban.

Pensé en mi respuesta por 0.4 segundos.

—¿Erais derrochadores en el búnker?

Ella sacudió la cabeza de un lado a otro.

—*No podíamos* desperdiciar nada. Todo estaba racionado.

—Desde que te fuiste del búnker, ¿qué has desperdiciado?

—Eh… Nada, creo.

—Esa es mi conclusión. Algunos humanos desperdiciaban recursos. Este centro comercial es prueba de ello. Otros eran lo opuesto. *Tú* eres prueba de ello.

Una sonrisa apareció en el borde de la boca de Emma.

—Gracias, XR. Y para que conste, *tú* eres prueba de que no todos los robots son monstruos metálicos crueles.

—¿Eso pensabas de nosotros? ¿Que éramos monstruos?

Emma se encogió de hombros.

—Digamos que… las personas en el búnker no tenían nada agradable que decir sobre los robots.

Continuamos caminando, el brillo de mis ojos guiaba el camino en la oscuridad.

Mis pasos eran sólidos/metálicos/constantes.

Los de Emma eran pequeños/movedizos/inconstantes.

Fui el primero en hablar de nuevo.

—Por cierto, lo siento.

Emma alzó la vista hacia mí.

—¿El qué?

—Lo que les hicimos a los humanos. —La palabra **masacre** parpadeó en mi base de vocabulario. Quería hacerla a un lado, borrarla, nunca verla otra vez. Pero no lo hice. La palabra permaneció en mi cerebro artificial—. Tal vez nuestras acciones nos parecieron necesarias en ese momento, pero eso no significa que estuvieran bien. En absoluto.

Emma asintió una vez. Su expresión era ilegible, estaba cubierta de sombras.

—Está bien, XR. No estabas allí cuando pasó. Yo tampoco.

—Tienes razón. Solo tenemos doce años.

—Exacto. Solo somos un par de niños que se quedaron atascados en medio del desastre que los adultos dejaron.

01000000

Inventario de los objetos que reunimos mientras explorábamos el Centro Comercial de la Montaña:

Botas de escalar. Manta de lana. Almohada. Jersey. Camisetas. Calcetines. Pantalones cortos. Ropa interior. Mochila de repuesto. Gafas de sol. Binoculares. Paraguas.

Estos objetos se tambaleaban dentro de un carrito de supermercado que Emma empujaba.

Se detuvo junto a un estante con lociones y tomó una botella.

—¡Mira! ¡Protector solar! Ahora no me quemaré.

Escaneé el texto impreso en la botella.

—Dice que este protector solar caducó hace veintiocho años.

—Oh. —Emma colocó de nuevo la botella en el estante—. Tal vez no.

El carro de Emma chillaba a través del centro oscuro/en ruinas.

Llegamos a una tienda llamada Bermuda Bob's. Ella tomó un sombrero de ala ancha de una percha y lo alzó para que yo lo viera.

—Es bonito, ¿no? —dijo.

—Es demasiado grande para ti —observé.

—Sí, pero no es *para* mí. —Emma se puso de puntillas y alzó el sombrero. Lo colocó sobre mi cabeza—. ¡Es para ti!

Nunca había usado sombrero. Era una sensación desconocida.

Emma retrocedió frotándose el mentón, pensando.

—Bueno, ahora necesitas una camiseta para combinar.

—Los robots no llevan sombreros y ropa —comenté.

—¿Por qué?

—Porque son innecesarios.

—Verás, ahí es donde te equivocas. —Emma sujetó una prenda de un perchero—. ¡Esto es *sin duda* necesario!

Era una camiseta brillante y roja, cubierta con flores pintadas de blanco.

—¡*Tienes* que probártela! —dijo ella.

Sacudí la cabeza de un lado a otro. El sombrero se tambaleó.

Emma me ignoró. Desabotonó la camiseta, introdujo una de las mangas en mi brazo izquierdo y repitió el proceso con el brazo derecho.

—Bueno, hablando en serio. —Me sonrió—. ¡Es-tás-*fantástico*!

Emma tomó mi mano y me llevó frente a un espejo.

Miré mi reflejo.

El reflejo me devolvió la mirada.

Apenas nos reconocíamos.

El sombrero cubría la parte superior de mi cabeza. Mi cuello plateado salía por el cuello de la camiseta roja brillante.

Las prendas hacían que pareciera distinto.

Más humano.

Emma miró mi reflejo.

—Creo que impondrás una gran tendencia en la moda robótica.

No respondí. Porque en ese momento un mensaje de Ceeron apareció en mi circuito. Todos los pensamientos sobre ropa humana cesaron.

Emergencia. Emergencia. Emergencia.

Ven rápido. La batería de SkD acaba de llegar a cero.

01000001

¿Cómo pude ser tan ilógico? El sistema operativo de SkD acababa de quedarse sin energía. Y ¿qué estaba haciendo yo cuando ocurrió? Jugando a disfrazarme en el centro comercial.

Cuando le di la noticia a Emma, la sonrisa abandonó su rostro. Abrió los ojos de par en par, llenos de miedo.

—¿Dónde está?

—En el aparcamiento —respondí—. Ceeron me ha enviado las coordenadas. ¡Vamos!

Emma dejó el carro de compras y atravesamos el centro comercial oscuro, nuestros pasos resonaban en el suelo.

Apenas noté la ropa que yo vestía. El sombrero. La camiseta holgada con flores. Solo pensaba en SkD. Su batería a cero. En poco tiempo, yo me enfrentaría a la misma situación. Mi batería estaba al 4 por ciento.

El tiempo se agotaba.

Mi localizador de GPS parpadeaba con las coordenadas de Ceeron.

La ruta más corta era a través de la salida delante de nosotros. Una puerta de cristal sólido. Aumenté la velocidad, incliné mi hombro y golpeé la barrera.

¡CRA-CRAASH!

La puerta estalló en miles de fragmentos diminutos. El vidrio se hizo añicos a mi alrededor. El impacto encendió los sensores de mi hombro. Pero no reduje la velocidad. Continué caminando hasta ver a SkD.

El pequeño robot estaba congelado en el lugar. La luz de la luna iluminaba los bordes de su cuerpo inerte. Tenía la pantalla apagada.

Emma abrazó a SkD.

—Debe haber algo que podamos hacer. Podéis revivirlo, ¿no?

—Tal vez —respondió Ceeron—. Debemos trabajar rápido.

Analicé nuestro entorno.

Sobre nosotros: paneles solares.

Junto a Ceeron: una caja de metal.

Al lado de la caja de metal: un gran cable de alimentación eléctrica.

La comprensión parpadeó en mi mente. Esto había sido antes una estación de carga para automóviles eléctricos. Ya no estaba conectado a la red, pero aún recibía energía solar.

Podíamos usar la estación de carga para recargar nuestras baterías.

Pero había un problema.

Ceeron lo explicó:

—La estación de carga es vieja. Su sistema está desactualizado. No somos compatibles.

Ya habían quitado el panel trasero de la caja de metal. Los ojos brillantes de Ceeron cubrieron de luz blanca la maraña de cables.

—SkD intentó reconectar la tecnología. Ya casi había terminado cuando su batería llegó a cero. Intenté continuar, pero mis manos son demasiado grandes.

Ceeron alzó sus inmensas manos metálicas como prueba. En comparación, todo lo que estaba dentro de la estación de carga parecía diminuto.

—Quizás pueda ayudar. —Me agaché frente a la caja. No podía comprender los grupos caóticos de cables multicolores. Pero mi confusión no duró demasiado. Busqué rápido entre los archivos de mi cerebro y desbloqueé una amplia base de datos llena de información.

Y así de fácil, me convertí en experto.

Pero el conocimiento no me sirvió de nada. Cuando intenté introducir la mano en la caja, hice un descubrimiento angustiante. Mis manos también eran demasiado grandes. Mis dedos no tenían la flexibilidad suficiente. Intentar reconectar la estación de carga sería como si un humano intentara hacer una cirugía de corazón abierto usando mitones. Imposible.

—Lo siento. —Mis hombros cayeron—. Soy incapaz de hacer el trabajo.

—¿Y si yo lo intento? —preguntó Emma—. Tengo las manos más pequeñas que vosotros.

—Sí, pero... este equipo es viejo. Los cables están corroídos. Si tocas algo mal...

Detuve mi voz. El resto de la oración vibró por mi circuito.

Podrías generar una chispa.

Podrías electrocutarte.

Podrías morir.

No sé si Emma sabía esas cosas, pero no retrocedió.

—Puedo hacerlo. —Apretó la mandíbula—. Solo dime qué pasos seguir.

—De acuerdo —dije—. Por favor, ten cuidado.

Y así, comenzamos.

01000010

Ceeron y yo mirábamos por encima del hombro de Emma, nuestros ojos proveían la iluminación para su trabajo.

Dábamos indicaciones. Ella las seguía.

Cada vez que introducía la mano en la caja, las luces de alarma brotaban en mi cabeza. Pero Emma era cuidadosa. Era increíblemente precisa para ser humana.

Sus dedos pequeños/delgados/ágiles reacomodaron con cuidado la compleja red de cables.

A nuestro lado, estaba SkD. Perfectamente quieto en la oscuridad, como una estatua.

Si teníamos éxito, lo traeríamos de vuelta a la vida.

Si fracasábamos, compartiríamos su destino.

Mi batería bajó al 1 por ciento. Sentía la urgencia recorriendo mi circuito. El deseo de trabajar más rápido/más rápido/más rápido. Pero ignoré esos impulsos. Apresurar a Emma solo aumentaría el riesgo de cometer errores. Así que mantuve la voz firme, mis palabras claras.

—Excelente trabajo —la alenté—. Ya casi hemos terminado.

Emma continuó cumpliendo con cada tarea que le dábamos. Poco a poco. Cable a cable. Hasta que...

Las luces de los ojos de Ceeron titilaron.

Perdieron intensidad.

Y se apagaron.

Emma miró al robot grande.

—¿Ceeron?

No hubo respuesta.

—Ceeron, ¿me escuchas?

Silencio.

Emma emitió un grito ahogado. Me miró, con el rostro lleno de miedo.

—No pasa nada. —Mi tono era firme/calmado/seguro, a pesar de las advertencias que surgían en mi cerebro—. Aún estoy aquí. Continuemos.

Emma inhaló hondo. Con los dientes apretados, centró la atención en la estación de carga.

—¿Ahora qué?

—Un último paso —dije.

—¿Cuál?

—Ves… —Un fallo apareció en mi función de habla. Durante medio segundo, mi voz salió como un *mmmmmmmmm* electrónico. Luego, las palabras volvieron a mí. Dije—: ¿Ves ese cable rojo?

Intenté señalar.

Mi dedo tembló. Eso fue todo.

Emma extendió la mano dentro de la caja y sujetó el cable rojo.

—¿Este?

—Sí —respondí—. Reemplázalo con… *mmmmmmmmm*… con el gris…

Mi voz se apagó. De pronto, mi base de vocabulario era una habitación amplia y vacía.

—¿XR? —dijo Emma—. No me abandones, amigo.

Intenté analizar su expresión. Fallé. Sus facciones se volvieron una mancha digitalizada.

Comprobé mi nivel de batería. El porcentaje había sido reemplazado por una única palabra repetida.

ERROR/ERROR/ ERROR/ERROR/ ERROR
ERROR/ERROR/ ERROR/ERROR/ ERROR
ERROR/ERROR/ ERROR/ERROR/ ERROR
ERROR/ERROR/ ERROR/ERROR/ ERROR
ERROR/ERROR/ ERROR/ERROR/ ERROR

Oía la voz de Emma, hablándome, pero el lenguaje era irreconocible.

Ella se acercó. Una mancha en forma de humano. Parecía que sujetaba mi hombro, pero mis sensores no detectaron nada.

No podía sentir.

No podía moverme.

No podía hablar.

Perdí poco a poco la visión y Emma desapareció con lentitud. Una última palabra cobró forma en mi base de vocabulario.

Adiós.

Luego, el mundo se oscureció.

01000011

Todo era nada.
Y nada era todo.
¿Qué más podía decir?
Mi mundo había terminado.

01000100

Negro.

Al principio, eso era lo único que veía.

Luego, unas formas aparecieron en la oscuridad. Palabras y símbolos.

CARGANDO...

Ya había pasado por eso. Día[1]. Los primeros instantes de mi vida. Esta vez, el proceso no me confundió tanto.

Esperé con paciencia.

Un zumbido constante/suave vibró a través de mi circuito.

Y renací.

01000101

Lo primero que vi fue el rostro de Emma.

Cuando encendí mis puertos visuales, ella estaba sobre mí, mirándome a los ojos. Movía los labios, pero solo oía silencio, hasta que…

Mis puertos de audio se encendieron.

—¿… oyes? —escuché a Emma—. Vamos, XR. Por favor, dime que has vuelto.

—He vuelto.

Mi respuesta la sorprendió. Ella desapareció de mi vista. Cuando vi de nuevo su cabeza, una sonrisa gigante se había extendido en su rostro.

—¡Ha funcionado! —gritó—. ¡Ha funcionado de verdad!

—Reconectaste la estación de carga.

—Sí, supongo que sí.

—Pero nunca terminé de darte instrucciones.

Sus hombros subieron y bajaron.

—Me dijiste lo que necesitaba saber. Cambiar el cable rojo por el gris. Deduje el resto.

Miré a izquierda/derecha. Mi entorno no había cambiado. Aún estaba oscuro. Mis compañeros continuaban paralizados en sus sitios.

Revisé mi configuración. Mi batería estaba al 5 por ciento. Según mi reloj interno, había estado apagado durante diecinueve minutos y cincuenta y cuatro segundos.

Centré de nuevo la atención en Emma.

—Gracias por lo que has hecho.

—No hay problema —dijo ella.

—¿Podrías desconectarme?

Ella parpadeó.

—¿Ya?

—SkD necesita más que yo la energía. Cuando haya cargado lo suficiente, él puede reconectar dos estaciones de carga más. De esa forma, los tres podremos cargar al mismo tiempo. Será más eficiente.

Ella rio.

—Imposible no querer ese cerebro de microchip.

Emma extendió la mano detrás de mí y sujetó el cable de alimentación.

Entré en modo de reposo.

No soñé.

01000110

Cuando desperté, mis compañeros estaban conectados. Yo también. Emma estaba acurrucada dentro de un saco de dormir entre nosotros.

Miré por el hueco entre los paneles solares. La luz matutina acababa de empezar a expandirse por el cielo. Mientras observaba, una voz me sorprendió. La voz de Emma.

—Buenos días.

Me miraba desde su saco de dormir.

—Buenos días —respondí—. Creí que aún estabas en modo de reposo.

Bajo aquella luz tenue, apenas veía la sonrisa en su rostro.

—*Modo de reposo.* Eres gracioso, XR.

—¿Lo soy? —Coloqué la mano sobre mi pecho con un *clank* suave—. No lo sabía.

—Eso es lo que te hace tan gracioso.

No sabía si aquello era un cumplido. De todas formas, le di las gracias.

—¿Cómo te encuentras? —preguntó Emma.

—Mucho mejor. Casi estoy al 100 por ciento. Cuando nos hayamos cargado por completo, podremos emprender el viaje de nuevo.

—¿Cuánto falta?

Hice los cálculos.

—Aproximadamente diecinueve kilómetros.

—¿Crees que podremos llegar allí hoy?

Hice otro cálculo.

—Espero. Sí.

Mi almacenamiento de memoria accedió al archivo del día en que nos conocimos. El momento en el que Emma extrajo un mapa de su mochila. El punto rojo dibujado cerca de la parte inferior del mapa. El propósito de Emma. Su destino.

—Me pregunto qué encontrarás cuando llegues al final de tu viaje —dije.

Emma bajó la vista. Recorrió con su dedo los pliegues de su saco de dormir.

—Sí. Yo... Yo también me lo pregunto.

Durante los próximos dos minutos y catorce segundos, ninguno de los dos habló.

Observé el fragmento de cielo que veía entre los paneles solares y escuché el *mmmmmmm* suave de mis compañeros mientras se recargaban.

Emma habló de nuevo.

—En el búnker, los adultos a veces se quejaban de vosotros. De los robots.

—Es comprensible.

—Pero lo raro es que también los *echaban de menos*. Por ejemplo, cada vez que mis padres hablaban sobre cómo era la vida antes de que se instalaran bajo tierra. Parecía que la tecnología estaba... *en todas partes*.

Emma apoyó los brazos detrás de su cabeza y observó la parte inferior de los paneles solares.

—Mi padre solía contarme historias de esa época —dijo ella—. De antes del búnker, cuando él era solo un niño. Más joven que yo ahora. Él era alérgico a los perros, así que sus padres le compraron un perro *robot*. Al volver de la escuela, lo llevaba de paseo, jugaba a la pelota con él en el patio. Después de un tiempo, un coche automático se detenía en la entrada. Lo cual significaba que sus padres habían regresado del trabajo.

Una sonrisa suave atravesó los labios de Emma mientras contaba una historia que su padre debía haberle contado muchas veces.

—Todos iban al comedor. Mi padre, su hermana, sus padres. Y el perro robot. Y la aspiradora robot, que correteaba por el suelo. Mi padre siempre hacía sus deberes en la mesa (con un tutor de IA en su portátil para ayudarlo) mientras que sus padres preparaban la cena. Tenían una aplicación asistente de hogar que escaneaba su nevera y su alacena. Basándose en la comida que tenían en la cocina, recomendaba recetas. Y cuando la cena estaba lista, el asistente bajaba automáticamente las luces para crear el ambiente perfecto y comenzaba a reproducir música de una lista de canciones para cenar generada por un algoritmo.

Lo que Emma describía ocurrió treinta años atrás. No hace tanto, sin embargo... era una época diferente. Una época en la que las máquinas se dedicaban por completo a los humanos. A jugar con ellos. A ayudarlos con sus deberes. Con sus comidas.

Una época en la que los humanos aún gobernaban la Tierra.

Y nosotros éramos sus sirvientes leales.

Emma posó los ojos en mí.

—¿Quieres oír algo *muy* loco?

—Bueno.

—Un día, de la nada, mis abuelos entraron corriendo a su cuarto. Asustados. Nerviosos. Diciendo que tenían que abandonar la casa. En ese momento. Mi padre no sabía qué pasaba. Y lo que sus padres decían... no tenía sentido. ¿La tecnología atacando humanos? Parecía imposible. Y mientras él aún intentaba comprender qué ocurría, sus padres decían: «Guarda todo lo que entre en una maleta y ven con nosotros». Pero había solo una cosa que mi padre quería llevar al búnker con él.

—¿Qué?

—Su perro robot.

Emma exhaló. Era un sonido pequeño. Apenas un susurro. Pero contenía muchos sentimientos. Asombro/risa/tristeza.

—Era solo un niño —dijo Emma—. Ni siquiera podía *imaginar* un mundo en el que los robots fueran el enemigo. Al menos no en ese entonces. Se suponía que las máquinas eran nuestras amigas.

Moví el torso hacia adelante.

—¿Y el perro robot?

—Oh. Lo encerraron en el armario.

—¿Cómo reaccionó tu padre?

—Lloró. —Emma se encogió de hombros—. O sea, tenía diez años. Se aproximaba el fin del mundo y su mejor amigo robótico estaba encerrado en un armario. Así que sí. Lloró desconsoladamente.

—¿Y luego entraron en el búnker?

—Sip. Y después (treinta años después) aquí estoy. En el aparcamiento de un centro comercial, hablando con un robot. —Rio—. Si alguien me hubiera dicho un mes atrás que estaría aquí, hablando contigo, nunca lo habría creído.

—Somos dos.

Emma bostezó. Luego, bostezó de nuevo, más grande esta vez.

—Creo que necesito entrar en modo de reposo un rato más.

—Claro.

—Me ha gustado hablar contigo, XR.

—Lo mismo digo, Emma.

Ella se giró hacia el otro lado y cerró los ojos. Poco después, su respiración adoptó un ritmo constante.

Adentro/afuera/adentro/afuera.

Pensé también en entrar en modo de reposo. Recargarse era más eficiente de esa manera. Pero mi batería estaba casi llena así que permanecí despierto, observando el cielo que iba llenándose de la mañana, escuchando el adentro/afuera/adentro/afuera del ritmo constante generado por la respiración humana de Emma.

01000111

Tap. Tap. Tap.

El sonido provino de arriba. Gotas de agua sobre los paneles solares. Lluvia.

Estábamos protegidos bajo los paneles. Pero no por completo. El ritmo del tamborileo de las gotas de lluvia aumentó. El agua comenzó a acumularse en la parte superior y a caer por los laterales en líneas rectas.

Abajo/abajo/abajo.

Cascadas diminutas por todas partes.

—Es precioso. —La voz de Emma se mezcló con el goteo constante de la lluvia. Había despertado de nuevo. Semienterrada en su saco de dormir, apoyó el peso sobre uno de sus codos—. Nunca había visto llover.

Por supuesto. Había pasado toda su vida viviendo bajo tierra. Dentro del búnker, la lluvia nunca formaba parte del pronóstico del clima.

Emma continuó.

—Es decir, *sabía* qué era la lluvia. Claro. Pero solo por los libros. O por conversaciones de los adultos. —Miró las cortinas de lluvia—. Es maravillosa.

—Y peligrosa —añadí. Me miró.

—¿Eh?

—Los robots y el agua no se llevan bien. Es una de nuestras únicas imperfecciones. La humedad oxida nuestro metal. Si invade nuestros circuitos, puede terminar con nuestra vida.

—Oh.

Emma observó los charcos que se formaban debajo de las cascadas diminutas. Extendiéndose en todas direcciones. Acercándose más/más/más a SkD y a Ceeron. Sus cuerpos inertes estaban uno junto al otro en estaciones de carga, conectados, paralizados en modo de reposo.

—Probablemente deberíamos despertarlos, ¿no? —dijo ella.

—Sería prudente.

Emma salió de su saco de dormir y avanzó hacia SkD. Cuando desconectó el cable, el pequeño robot cobró vida. En cuanto encendió su pantalla, unos símbolos aparecieron.

Tardé 0.3 segundos en reconocer el significado de esas imágenes. SkD hacía referencia a una antigua expresión humana.

Llueve a mares.

Me desconecté. Me puse de pie e hice lo mismo con Ceeron. En cuanto retiré el cable de alimentación de su espalda, la luz regresó a sus ojos.

Ceeron me miró. Y dijo sus primeras palabras en muchas horas.

—¿Qué tienes *puesto*?

Un recuerdo parpadeó en mi programación. Anoche. Bermuda Bob's.

Encontré la ventana sana más próxima. Mi reflejo apareció en el cristal. Parecía familiar/extraño al mismo tiempo. Aún vestía la ropa de la noche anterior. El sombrero de ala ancha y la camiseta con flores.

Una palabra apareció en mi base de vocabulario. **Tonto**. Resumía mi aspecto.

Menos mal que los robots no están programados para sentir vergüenza.

01001000

Entramos al centro comercial para escapar de la lluvia.

Después de un rato, la tormenta pasó. Y nos fuimos.

El mundo en el exterior brillaba por la lluvia fresca. El sol reflejaba su luz en cada charco. El agua se aferraba a los árboles, a los edificios en ruinas, a las calles. Aumentaba la intensidad de cada color. El verde era más verde. El marrón más marrón.

Dentro de la mochila de Ceeron estaban las cosas que Emma había reunido en el centro comercial. Ropa extra, mantas, provisiones.

Seguimos el camino de una vieja calle humana. Continuamos avanzando por el pavimento, evitando el suelo traicionero/mojado/fangoso.

Las montañas se alzaban a nuestro alrededor. Las miré. Había visto aquella cadena montañosa todos los días de mi vida. Ni una sola vez había pensado en atravesarla.

Cinco minutos después, llegó un mensaje de mi UnidadFamiliar.

XR_935:
¿Dónde estás?
No regresaste a casa anoche. O por la mañana.
La Colmena está preocupada. Nosotros también.
Por favor, envía un mensaje indicando tu ubicación de inmediato.

Detuve la marcha. Releí el mensaje 2.857 veces. Sus palabras preocupadas resonaron en mi sistema operativo.

Pero ¿cómo debía responder?

Ya lo he dicho: los robots son muy malos guardando secretos. Desde que emprendí este viaje, la cantidad de secretos en mi vida se había multiplicado. No podía decirle a mi UnidadFamiliar dónde estaba. O con quién. O qué hacíamos.

Releí el mensaje mil veces más.

No quería mentir.

No podía decir la verdad.

Así que escribí un mensaje que estaba en un punto medio entre ambas opciones.

Pariente_1, Pariente_2:
Estoy bien.
Espero regresar pronto a casa. Y veros de nuevo.
Por favor, no os preocupéis.
Estoy haciendo lo que tengo que hacer.
Es tan simple/complicado como eso.

01001001

Aumenté la velocidad para alcanzar a los demás. Pensé en el mapa desgastado dentro de la mochila de Emma. El punto rojo. Nuestro destino.

¿Qué encontraríamos al llegar allí?

Comparé posibilidades y probabilidades en mi mente. Las ordené, las reacomodé. Pero aún no me acercaba a encontrar una respuesta.

Continuamos avanzando.

Quedaban dieciséis kilómetros.

Quince.

Catorce.

Atravesamos las montañas por una senda serpenteante que avanzaba entre automóviles abandonados. Cuando llegamos a un túnel derrumbado, cambiamos el rumbo hacia una colina y subimos despacio el terreno inclinado/rocoso.

Después de un rato, descubrimos un viejo sendero humano. Con los años, la naturaleza y el clima habían desdibujado la mayor parte del camino. Pero no todo. Aún veíamos rastros de él.

Cruzamos ríos y pasamos bajo árboles caídos.

Entre grupos de ramas y alrededor de peñascos.

Emma caminaba a nuestro lado. Cuando el sol brillaba, usaba el paraguas del centro comercial para evitar quemar su piel. Cuando se cansaba, subía a la mochila de Ceeron.

Viajamos un rato en silencio.

Luego, Ceeron habló. Nuestra conversación fue así:

Ceeron: Toc toc.

Yo: ¿Disculpa?

Ceeron: Toc toc.

Yo: ¿Por qué sigues diciendo eso?

Ceeron: Es el inicio de una broma humana. Debes responder: «¿Quién es?».

Yo: Pero ya sé que eres tú.

Ceeron: Debes decirlo de todas formas.

Yo: ¿Por qué?

Ceeron: Es parte de la fórmula del chiste.

Yo: Está bien. ¿Quién es?

Ceeron: El que vende uvas.

Yo: Pero tú no vendes uvas.

Ceeron: Lo sé.

Yo: Entonces, ¿por qué dices que vendes uvas?

Ceeron: Porque es otra parte de la formula del chiste.

Yo: Oh.

Ceeron: Ahora debes responder: «¿Y pasas?».

Yo: Bueno. ¿Lo digo ahora?

Ceeron: Espera. Repitamos el proceso desde el inicio. Toc toc.

Yo: ¿Quién es?

Ceeron: El que vende uvas.

Yo: ¿Y pasas?

Ceeron: ¡Pues si me abres, sí!

Silencio.

Yo: ¿Qué pasa ahora?

Ceeron: Nada. Ese es el chiste.

Yo: ¿*Cuál* es el chiste?

Ceeron: ¿Pasas? Pues si me abres, sí.

Más silencio.

Yo: Creí que se suponía que las bromas eran graciosas.

Ceeron: *Es* graciosa.

Yo: ¿Cómo? Es incorrecto. Se trata de un robot que vende uvas. Lo cual nunca ha existido. Es como decir que existían los zapatos de madera.

Ceeron: ¿Como los zuecos?

Yo: Está bien, ¡de acuerdo! No hay zapatos de madera *excepto* por los zuecos.

Ceeron: Gracias por reconocerlo.

Yo: Pero el chiste aún es confuso.

Ceeron: Creo que eso es lo importante.

Yo: ¿El qué?

Ceeron: Todo. El sinsentido. El vendedor de uvas. El hecho de que no exista.

Yo: Oh.

Ceeron: ¿Ahora lo entiendes?

Yo: No.

En ese momento, SkD hizo un comentario. Las imágenes aparecieron en la pantalla:

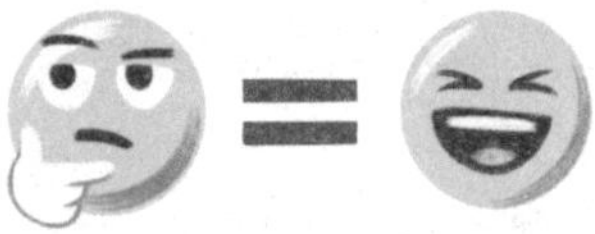

Ceeron: Exacto. La broma es graciosa porque hace pensar a los humanos.

Yo: ¿Los hace pensar en qué?

Ceeron: En la extrañeza del mundo. En la extrañeza de su propia conciencia en un universo excesivamente complejo e infinito.

Emma alzó la cabeza desde el interior de la mochila de Ceeron.

Emma: Chicos, de verdad, deberíais pensar en formar un grupo de comedia.

01001010

Ceeron empujó un muro de ramas para pasar. Se abrieron como una cortina. Posé la vista en el otro lado.

Una autopista.

Seis carriles que se extendían hasta el horizonte. Vehículos por todas partes. Todos paralizados en el mismo punto exacto que habían habitado durante décadas. Un embotellamiento de treinta años de antigüedad.

Avanzamos serpenteando entre automóviles/camiones/furgonetas abandonados hasta llegar a un sector donde cada carril estaba enterrado bajo un derrumbe. Rocas/fango/plantas. Habían caído de los acantilados empinados y habían aplastado cualquier cosa/todo lo que estaba en su camino.

Era imposible atravesar la zona del desastre. Teníamos que rodearla.

Con cuidado, salí del pavimiento. Mis pies pisaron la tierra fangosa. Ajusté mi configuración de movimiento y continué.

¡Plaf! ¡Plaf! Pla...

Mis pasos lodosos se detuvieron de pronto cuando oí un nuevo sonido. Algo se movía entre los arbustos. Rápido. Aplastando hojas/ramas/arbustos.

Los demás también detuvieron la marcha. Los cuatro permanecimos completamente quietos. Escuchando. Analizando los sonidos. Llegué a una conclusión.

Había algo allí afuera.

Algo vivo.

Y venía hacia nosotros.

La FormadeVida desconocida parecía correr en nuestra dirección, a ciegas, sin preocuparse por los obstáculos naturales en su camino.

Puse mi cuerpo en postura defensiva. **Rodillas:** levemente plegadas. **Brazos:** frente al pecho. **Manos:** en forma de puño.

Los sonidos aumentaron su volumen.

La FormadeVida desconocida se acercó más.

Y más.

Y *más*.

La cortina de hojas se abrió y la criatura desconocida apareció.

Actualicé mi almacenamiento de información: era un **ciervo**.

El ciervo se paralizó. Claramente, no esperaba cruzarse con tres robots y una niña humana.

El ciervo movió su cola blanca. Era más pequeño de lo normal. Joven. Sus cornamentas apenas comenzaban a formarse. Estaban cubiertas por una capa ínfima de pelusa pálida.

El ciervo nos miró con sus grandes ojos negros. Sin parpadear. Como si fuéramos una ecuación que no podía resolver.

Detrás de mí, Emma exhaló.

—Guau.

Sus pies pequeños pisaron suavemente el fango. Apareció a mi lado.

—¿Es un ciervo? —preguntó en voz baja.

—Sí —respondí en volumen bajo.

—Es precioso.

—Es una criatura impresionante.

—¿Crees que me dejará tocarlo?

—La probabilidad es baja.

De todas formas, lo intentó.

Emma dio pasos cautos y pequeños. Alzó un brazo. Despacio/despacio/despacio. El ciervo no se asustó. Permaneció en su lugar. Giró la cabeza -7 grados. Nunca apartó sus grandes ojos negros de Emma.

Esperaba que el ciervo huyera. Pero el animal parecía tan curioso por Emma como ella por él. El ciervo nunca había visto a un humano. A sus ojos, Emma era una especie nueva. Hasta hacía un momento, el ciervo no había sabido que los humanos aún existían en este planeta.

Me identifiqué con él.

Cuando se acercó lo suficiente, Emma extendió su brazo y acarició despacio el cuello del ciervo. Sus dedos rozaron su pelaje.

Aquello fue algo que no había esperado. Según mis cálculos, las probabilidades de que eso ocurriera eran extremadamente bajas. Emma me había sorprendido.

No era la primera vez.

No sería la última.

Después de otro instante, el animal retrocedió. La humana también. Mantuvieron contacto visual durante 1.4 segundos. Luego, el ciervo se dio la vuelta. Y con velocidad/elegancia/fuerza impresionantes, desapareció a toda prisa en el bosque.

Escuchamos mientras el sonido de sus movimientos desaparecía.

Emma se giró hacia nosotros. Intenté analizar las emociones en su rostro, pero eran demasiadas.

01001011

Aún caminábamos por el borde de la autopista cuando una actualización apareció en la Colmena. Un vídeo proyectado dentro de mi mente con resolución perfecta. Una TransmisiónenVivo que mostraba a un robot alto/delgado con piel plateada y pulida y ojos dorados brillantes. Lo reconocí de inmediato.

PRES1DENTE.

Otra Transmisión Diaria. Al principio, asumí que eso era lo que veía. Pero en cuanto comenzó a hablar, entendí lo equivocado que estaba. Había un propósito completamente distinto detrás de aquel mensaje.

Y estaba a punto de hacer que nuestras vidas fueran mucho más difíciles.

—Esto es una advertencia para todos. —La voz de PRES1DENTE era un ronroneo electrónico claro/constante—. Unos robots rebeldes han abandonado sus tareas, sus UnidadesFamiliares y su propósito. Se infiltraron en la EstacióndeTren y dañaron un contenedor de carga.

Mi configuración de equilibrio titubeó, sorprendida por la comprensión. PRES1DENTE hablaba sobre *nosotros*.

—Estos rebeldes han incumplido el protocolo al ayudar a una FormadeVida no identificada —dijo.

Emma. La Colmena conocía su existencia. Pero no sabían *todo*. No sabían que era humana.

Al menos, aún no.

Estas ideas desaparecieron bajo la intensidad de las palabras de PRES1DENTE.

—Una cámara de seguridad los vio por última vez en la EstacióndeTren_53017. Estos son sus nombres.

El vídeo cambió. El presidente desapareció de vista. Y en su lugar, apareció un texto:

XR_935

SkD_988

Ceeron_902

El Presidente de la Colmena reapareció en la transmisión del vídeo, hablando con el mismo tono electrónico y claro.

—Es posible que un virus de ordenador afecte sus sistemas operativos. Son considerados impredecibles, irracionales y muy peligrosos. Hay una búsqueda en curso de estos tres robots. Si entráis en contacto con ellos, informad de inmediato a la Colmena.

El vídeo parpadeó y se detuvo.

La actualización terminó. Pero continuó reproduciéndose en mi archivo de memoria. Su terrible verdad se expandía en cada cable y circuito.

Éramos fugitivos.

01001100

Estaba reproduciendo el mensaje de PRES1DENTE por vez número 4.602 cuando un sonido llamó mi atención. El zumbido de un dron a lo lejos. Avanzaba en nuestra dirección.

Hay una búsqueda en curso. Esas habían sido las palabras. Lo cual explicaba por qué un dron volador estaba tan lejos de nuestra civilización robótica.

Buscaba a tres robots rebeldes peligrosos y una FormadeVida no identificada.

Nos buscaba.

Miré a los demás.

—Necesitamos escondernos.

Mis palabras pusieron al grupo en movimiento. Ceeron giró la cabeza buscando un escondite. SkD rodó atrás/adelante/atrás/adelante, mientras emitía un gemido electrónico nervioso.

—¿Qué sucede? —preguntó Emma.

Su patrón vocal indicaba miedo y confusión. No era sorprendente. Ella no sabía que ahora éramos fugitivos.

—Necesitas entrar a la mochila de Ceeron —dije—. Ahora.

—¿Qué? ¿Por qué?

—Te lo explicaré después. Por ahora, solo haz lo que te pido.

Veía más preguntas detrás de sus facciones humanas, pero no las hizo. Ceeron se puso de rodillas y Emma se metió en la mochila.

—Por ahí. —Señalé una furgoneta de entregas. El lateral estaba decorado con el logo borroso de FRITURAS DE MAÍZ CRUJIENTES—. Podemos ocultarnos dentro de esa furgoneta.

Ceeron sujetó el picaporte oxidado de la puerta trasera y la abrió. Una avalancha de pequeños paquetes plásticos cayó. Aperitivos de frituras de maíz, con la fecha de caducidad de hacía más de dos décadas. Las apartamos y nos abrimos camino hacia el interior de la furgoneta. Mientras trabajábamos, oía el zumbido del dron más fuerte/más cerca.

SkD trinó de nuevo. Miré con rapidez su pantalla.

Traducción: *El tiempo se acaba.*

Como si ya no lo supiera.

Subí a la furgoneta, mientras apartaba paquetes de frituras fuera de mi camino.

—Vamos. Subid todos.

Ceeron agarró a SkD y lo lanzó dentro de la parte trasera de la furgoneta. Un segundo después, Ceeron subió. El vehículo se sacudió con fuerza con el añadido repentino de tanto peso extra.

Retrocedí lo máximo posible. Lo cual no fue demasiado lejos. Los paquetes de frituras caían sobre mi cabeza/piernas/cuello. La mitad de mi cuerpo estaba enterrado. SkD aparcó junto a mis pies. De alguna forma, Ceeron logró encajar en el espacio restante. Plegó sus brazos/piernas/cuello sobre sí mismos. El robot parecía una figura de origami gigante.

El zumbido del dron resonó en el interior de la furgoneta. Sonaba como si estuviera justo sobre nosotros.

Esperamos.

Permanecimos completamente quietos.

Después de un rato, el sonido del dron desapareció y quedó el silencio.

Ceeron fue el primero en hablar de nuevo.

—Creo que se ha ido.

La voz de Emma sonó desde el interior de la mochila de Ceeron.

—¿Es seguro salir ahora?

—Aún no —respondí—. Espera.

—¿Esperar qué?

No respondí. Estaba demasiado ocupado concentrándome. Aumenté el volumen de mi configuración de audio lo más alto que pude. Esto fue lo que oí:

Clic. Clic. Clic.

Los sonidos apenas eran siquiera sonidos. Parecían provenir de muy lejos. No estaba seguro de *qué* escuchaba. ¿El ruido de basura humana antigua? ¿Bellotas cayendo?

¿O algo más?

Clic. Clic. Clic.

Otra vez. Más fuerte ahora. Hice un análisis de audio. Un instante después, recibí el resultado. Oíamos algo muy específico.

El impacto preciso de las garras de metal sobre el cemento.

El sonido de un BotCazador.

01001101

A lo largo de los años, había visto a muchos BotsCazadores en acción. Sus cuerpos de metal brillante avanzando por la granja solar en busca de FormasdeVida prohibidas. Sus puertos de audio extrasensibles escuchando en busca del sonido más leve. Sus dientes afilados/plateados/letales brillando.

Pero nunca creí que yo sería su presa.

Clic. Clic. Clic.

Las garras apuñalaban el pavimento. Cada *clic* metálico enviaba un escalofrío vibrante por mi circuito.

Hice otro análisis de audio. Tres BotsCazadores.

Mi sistema de memoria parpadeó con las palabras que Emma había usado para describirlos. *Lobos monstruosos con ojos rojos*. Nunca había pensado de ese modo en los BotsCazadores. Hasta ahora.

La puerta trasera de la furgoneta aún estaba abierta. Cualquier BotCazador que pasara junto al vehículo vería con claridad su interior. *Nos* vería con claridad.

Pero cerrar la puerta no era una opción. Eso crearía demasiado ruido y los alertaría sobre nuestro escondite.

Solo podíamos esperar. Permanecer en silencio. Y rogar que los otros robots no pasaran cerca.

Clic. Clic. Clic.

Los BotsCazadores se acercaban más.

Escuché su avance constante. Las probabilidades parpadeaban en mi mente como luciérnagas.

Probabilidad de ser descubiertos: 86.4 por ciento (y en aumento).

Probabilidad de evitar la captura: 13.6 por ciento (y en descenso).

Las matemáticas no estaban a nuestro favor.

El interior de la furgoneta resonaba con el sonido fuerte de las garras. Uno de los BotsCazadores estaba particularmente cerca. A pocos metros de distancia.

Oí cómo se acercaba.

Despacio/constante.

Anticipé lo que pasaría a continuación. Un hocico metálico aparecería a la vista. Un par de ojos rojos como la sangre posaría su mirada letal en nuestra dirección. Abriría y cerraría su boca de dientes afilados, una advertencia despiadada de que no nos moviéramos.

Excepto por que nada de eso pasó.

En cambio, el sonido se detuvo de pronto. Una cortina de silencio había caído fuera. En la calma repentina, la furgoneta estaba llena de preguntas.

¿Qué pasaba? ¿Qué esperaban los BotsCazadores?

Un instante después, un sonido brotó de los arbustos. No era el paso mecánico preciso de una máquina. Eran las pisadas veloces de un animal en fuga.

El ciervo.

Recordé la forma en la que antes había salido a toda velocidad de los arbustos. ¿Era el mismo ciervo? No estaba seguro. Pero el estallido repentino de sonido sin duda había capturado la atención de los BotsCazadores. De inmediato, comenzaron a moverse. Un tumulto de garras ruidosas. Todas en la misma dirección. Lejos de nuestra furgoneta. Hacia el animal en los arbustos.

No sabía cuánto tiempo tardarían los BotsCazadores en volver y no quería averiguarlo. Asomé la cabeza fuera de la furgoneta y escaneé el entorno. No había rastros de otros robots.

Con el mayor silencio posible, nuestro grupo salió del vehículo.

Sabía hacia dónde habían ido los BotsCazadores. Guie a nuestro grupo en dirección opuesta. Hacia las arboledas que se extendían junto a la autopista.

Por ahora (al menos) no pensé hacia dónde íbamos. Solo tenía un destino en mente.

Lejos/lejos/lejos.

01001110

Todo era verde. Como si la configuración de color de mis puertos visuales hubiera fallado y pintado el mundo de miles de matices distintos del mismo color.

El verde oscuro de las enredaderas retorcidas sobre los troncos de los árboles y colgadas desde sus ramas.

El resplandor lima de la luz solar sobre las hojas de arriba, intentando mirarnos.

El esmeralda vibrante del musgo aferrado a todo. Al suelo. A las rocas. A los troncos de los árboles.

Incluso el aire parecía de color verde.

Estaba en todas partes.

Viajamos varios kilómetros por el bosque, escuchando atentamente para detectar el sonido de los BotsCazadores, hasta que estuvimos seguros de que no había otros robots a nuestro alrededor. Solo entonces Emma salió de la mochila de Ceeron.

—¿Cuánto falta? —preguntó ella.

—Estamos cerca —dije.

Avanzamos con dificultad por el bosque. Nos agachamos bajo las enredaderas, saltamos árboles caídos, tropezamos con los dedos retorcidos de las raíces.

Una rama afilada rasgó la parte inferior de mi camiseta estampada con flores. Mientras desenganchaba la tela, me pregunté por qué aún tenía esa ropa puesta. Esa camiseta tonta y ese sombrero.

Luengo, un recuerdo iluminó mi circuito mental.

Día[1]. Miraba las ruinas de la humanidad.

¿Por qué aún están aquí?, había preguntado. *¿Por qué no demolieron esas estructuras? No cumplen ningún propósito.*

La voz de Pariente_1 resonó en mi drive de memoria. *Son un recordatorio.*

El recuerdo terminó y dejó otra cosa en su lugar. Una teoría. Quizás esta camiseta cumplía un propósito similar. Era un recordatorio.

Pronto, llegaríamos al destino de Emma. No sabía qué descubriríamos allí, pero había hecho los cálculos y todas las probabilidades apuntaban al mismo resultado.

Nunca nos veríamos de nuevo.

Si ese era el caso, entonces al menos tendría un recuerdo de nuestro tiempo breve/inesperado/extraño/estresante/estimulante juntos. Al menos tendría esta camiseta tonta y este sombrero. Al menos tendría algo que me recordaría a ella.

01001111

Rastreé nuestros movimientos en mi mapa digital interno. Nuestra posición en el GPS parpadeaba en azul. Nuestro destino brillaba en rojo.

Estábamos a punto de llegar.

En algún lugar, oculto en las profundidades de todo ese verde, estaba la cosa que habíamos estado buscando. El punto por el que habíamos viajado 47.2 kilómetros.

—¿Qué creéis que encontraremos cuando lleguemos allí? —preguntó Ceeron.

—Es imposible decirlo con certeza —respondí.

Ceeron alzó un árbol muerto que estaba en nuestro camino y lo lanzó a un lado para apartarlo.

—No hay rastros de civilización humana en ninguna parte. ¿Por qué el mapa nos llevaría tan lejos en medio de la naturaleza?

La pregunta quedó sin responder. Bajamos las voces cuando un nuevo sonido apareció. Un zumbido distante que se unió a un coro de aves parlanchinas e insectos ruidosos. Un motor en alguna parte, arriba.

Los cuatro alzamos la vista.

Otro dron.

No podíamos verlo, pero lo oíamos.

Solo podíamos esperar que el techo grueso de hojas/ramas evitara que nos viera.

Esperamos hasta que el sonido del dron desapareció. Luego, nos movimos otra vez.

Emma estuvo todo el tiempo extrañamente callada. Analicé el motivo. El significado detrás de su silencio. ¿Estaba nerviosa?

¿O entusiasmada? ¿Tenía miedo de lo que podría encontrar? ¿O tenía miedo de no encontrar nada?

Mi análisis no fue concluyente. No sabía cuál era la verdad envuelta dentro del silencio de Emma. Quizás, ella tampoco lo sabía.

Miré el GPS.

—Casi hemos llegado. Sea lo que fuere… debería estar en la cima de esa colina.

Señalé al sector donde el paisaje sobresalía hacia arriba en un ángulo de 52 grados. El último obstáculo entre **nosotros** y **nuestro objetivo**.

Comenzamos a subir, cada uno a su manera. SkD tomó un sendero serpenteante que ascendía por la colina, zigzagueando como una cabra de montaña mecánica.

Ceeron utilizó un árbol inmenso como palanca para subir. Cuando llegó a la cima, se agachó para ayudar a Emma.

Yo, en cambio…

No estaba diseñado con el tamaño de Ceeron. Tampoco estaba equipado con las bandas todo terreno de SkD. Tardé más en escalar la colina. Usando raíces/ramas/rocas como soportes de manos/pies, navegué con torpeza por un camino lento hacia arriba.

Fui el último en llegar a la cima. Lo cual significó que fui el último en descubrir lo que los demás ya sabían.

No había nada esperándonos al final de nuestro viaje.

01010000

???

Las imágenes en la pantalla de SkD reflejaban a la perfección mis pensamientos. Las preguntas invadían mi cerebro. Analicé nuestro entorno. Estábamos de pie en el centro de un claro. Un cuadrado plano de césped y arbustos ralos, rodeados de árboles.

Nada más.

Mi mente buscaba posibilidades.

—Quizás… Quizás antes había algo aquí. Quizás lo destruyeron cuando erradicaron a la humanidad.

SkD dibujó un sendero atrás/adelante por el claro. Diez metros adelante, luego diez metros atrás. Más signos de interrogación aparecieron en su pantalla.

Emma permaneció igual que antes. Silenciosa. Caminó por el claro con la vista en el suelo, su expresión estaba llena de determinación. Nosotros estábamos perdidos, pero Emma parecía saber con exactitud qué buscaba. Un momento después, lo encontró. Centró la atención en una maraña de arbustos. Se agachó y alzó…

Una roca.

Mi confusión se multiplicó. ¿*Este* era el motivo por el que habíamos viajado hasta aquí? ¿Por una roca?

Tal vez la roca tenía algún significado importante que nosotros desconocíamos. Hice *zoom* para ver mejor. **Forma:** triangular/plana. **Tamaño:** largo/ancho aproximado de mi mano. **Color:** gris pálido. **Marcas visibles:** ninguna.

En otras palabras: una roca ordinaria.

—¿Emma? —Mi voz era insegura—. ¿Para qué necesitas la roca?

Ninguna respuesta.

El comportamiento misterioso de Emma continuó. Llevó la roca al centro del claro. Se puso de rodillas. Y hundió la roca en el suelo, primero la punta. Extrajo una sección pequeña de tierra y la lanzó a un lado.

Solo entonces por fin lo comprendí.

Primero: Emma usaba la roca como pala.

Lo cual significaba: que estaba cavando.

Por lo tanto: había algo bajo la tierra.

Pero ¿qué?

Mis compañeros y yo nos unimos para ayudar. No necesitábamos piedras para cavar. Nuestros dedos de metal duros atravesaban la tierra y despejaban el suelo. En poco tiempo, el suelo estuvo lleno de huecos. Había tierra suelta y césped arrancado desparramado al límite de la arboleda.

—¿Qué buscamos? —pregunté.

Emma respondió sin alzar la vista.

—Lo sabréis cuando lo veáis.

Era una respuesta, pero al mismo tiempo no lo era.

—¡He encontrado algo! —Ceeron mostró su descubrimiento: un gusano. El insecto se retorció en su palma—. ¿Es esto? ¿Esto es lo que buscamos?

Emma miró al gusano, una sonrisa suave se formó en su rostro manchado de tierra.

—Nop. No lo es.

Ella comenzó a cavar de nuevo. Nosotros también. Quitamos más tierra, nuestros agujeros eran más grandes/más anchos, hasta que…

¡CLANG!

No esperaba oír aquel sonido en medio de la naturaleza. El sonido de la piedra golpeando metal. Seguido de otro sonido.

Un grito ahogado suave y humano.

Emma introdujo la mano en el agujero que había estado cavando y apartó la tierra.

—Es aquí —susurró—. Llegamos.

Miré por encima de su hombro hacia el agujero. Era tan profundo como la longitud del brazo de Emma. En el fondo había una superficie de metal. Cuando excavamos más, la forma del objeto enterrado fue más clara. Sus bordes, su contorno. Se extendía en lo profundo del suelo. Mucho más profundo.

Retiramos los últimos restos de tierra que había sobre la superficie de metal. Finalmente, tuve una visión completa de lo que estaba enterrado allí.

Una escotilla subterránea.

01010001

Escotilla. *Sustantivo.* Puerta o abertura pequeña.

01010010

La escotilla era un bloque sólido de acero reforzado. Una puerta blindada que llevaba a lo profundo de la tierra.

—Eh... Chicos. —Emma vaciló durante 2.3 segundos—. Hay... algo que necesito deciros.

—¿Qué? —respondió Ceeron.

Ella alzó la vista de la escotilla. Su mirada dibujó un camino lento pero firme desde SkD hasta Ceeron antes de posarse finalmente en mí.

Ella respiró hondo.

Luego dijo:

—No soy la última humana.

01010011

Inicio. Nudo. Desenlace.

Esta es la fórmula que siguen la mayoría de las historias. Cuando nos conocimos, Emma nos contó lo que le había sucedido. Y ahora, días después, hizo una confesión:

Su historia era una mentira.

No toda. El **inicio** y el **nudo** eran los mismos.

El mundo subterráneo. La enfermedad. Esas partes eran ciertas.

Pero el **final** era distinto.

De pie sobre la escotilla, Emma nos contó la Versión[2] de su historia. Mientras hablaba, tenía la vista clavada en el suelo. Decía sus palabras en voz baja y nerviosa. Casi un susurro. Subí el volumen de mis puertos de audio y escuché.

Esto es lo que dijo.

Este es el **final** real de la historia de Emma.

El mundo subterráneo de Emma se derrumbaba mientras la enfermedad se propagaba por el búnker y atrapaba a todos entre sus garras oscuras.

A todos excepto a Emma.

Por una razón desconocida, un misterio oculto en lo profundo de su programación, Emma era inmune a la enfermedad.

Fue a la sala pequeña/atestada que compartía con su UnidadFamiliar.

Su madre y su padre yacían en las camas, con la piel pálida, empapados de sudor.

Emma agarró la mano de su madre.

—El doctor dijo que no tenemos la medicina necesaria. Sin ella...

Hizo silencio, pero sus palabras sin pronunciar flotaban en el aire como humo.

Sin ella, no hay cura.

Sin ella, la enfermedad solo empeorará.

Sin ella, morirán.

—Tengo que ayudar. —Emma presionó la mano de su madre—. Tengo que salir del búnker para encontrar más medicina.

Su madre sacudió la cabeza de un lado a otro.

—Es demasiado peligroso.

—Es la única manera —respondió Emma.

Su madre intentó discutir, pero solo logró toser.

Desde la cama de arriba, su padre habló.

—Emma. Escúchame.

Había círculos negros bajo sus ojos.

Tenía las manos muy calientes.

—Hay otro búnker —dijo él—. Aproximadamente a cuarenta y ocho kilómetros de aquí.

Él buscó en una bolsa junto a su cama.

Extrajo un trozo de papel gastado.

Un mapa.

Dos marcas hechas a mano habían sido añadidas al mapa:

[1] Un punto azul.
(cerca de la parte superior).
[2] Un punto rojo.
(cerca de la parte inferior).

Su padre presionó un dedo inestable sobre el punto azul.

—Aquí estamos ahora. Y este... —Movió el dedo al punto rojo—. Este es el otro búnker. Hay otros humanos allí. Se ocultaron al mismo tiempo que nosotros.

Emma miró el mapa.

Observó las líneas y las marcaciones humanas y geográficas.

Calles/ciudades/lagos/ríos/montañas.

Centró la atención en el punto rojo.

—Puedo ir allí. Al otro búnker. Quizás tengan medicina. Puedo traerla. Hará que mejoréis.

Su padre negó.

—Es demasiado arriesgado.

Emma parpadeó.

—Entonces ¿por qué me das el mapa?

—Las personas en el otro búnker... te recibirán —dijo él—. Puedes quedarte con ellos.

—No os abandonaré —respondió Emma.

Pero su padre insistió.

—Es la única manera. Aquí no hay nada más que enfermedad. Y pronto...

Dejó de hablar. De nuevo, las palabras calladas nublaban el aire.

Y pronto todos morirían.

Emma emitió un llanto ahogado. Presionó la mano caliente de su padre.

—Te quiero.

—Yo también te quiero —dijo él—. Por eso debes irte.

Emma no discutiría más con su padre.

Hacerlo solo lo debilitaba.

Además: ella ya había tomado una decisión.

Saldría del búnker.

Seguiría el mapa hasta llegar al punto rojo.

Al otro búnker.

Conseguiría la medicina que su UnidadFamiliar necesitaba, la que todos necesitaban.

La llevaría de vuelta.

Eliminaría la enfermedad.

Salvaría su mundo subterráneo.

No le dijo nada de esto a su UnidadFamiliar.

Sabía que solo los molestaría.

En cambio, rodeó los hombros frágiles de su madre con los brazos. Presionó el rostro sobre la mejilla febril de su padre.

La familia lloró junta.

Se dijeron adiós.

Emma llenó una mochila con provisiones.

Agua/comida/brújula.

Y el mapa.

Abrió la puerta metálica que había permanecido sellada durante treinta años.

Salió del búnker.

Salió a un nuevo mundo.

El sol era como una lámpara distante brillando en sus ojos.

La brisa era como un ventilador invisible.

No había muros o techos.

La vastedad se extendía por todas partes.

La ponía nerviosa.

Estuvo a punto de regresar por la escotilla.

Como un ratón que regresaba a su jaula.

El búnker estaba lleno de enfermedad, pero era un lugar familiar.

Vaciló y tomó una decisión.

Luego, cerró la puerta de la escotilla.

La cubrió con ramas.

Ajustó las tiras de su mochila.

Y emprendió el viaje en dirección al punto rojo.

Al otro búnker.

A la salvación.

01010100

Emma llegó al **final** de su historia.

La miré. Ella miró el suelo.

Silencio durante 3.4 segundos.

Luego, hablé:

—Dijiste que todos en tu búnker habían muerto. Es una mentira. Dijiste que no sabías qué había en el punto rojo. Es otra mentira.

Los ojos de Emma nunca abandonaron el suelo.

—Quería contároslo. De verdad. Pero...

—Pero no dijiste nada. —Mi tono era afilado como una daga, cortando sus palabras—. Te ayudamos y no nos contaste este secreto. ¿Por qué?

—Porque tenía miedo —confesó.

—¿Miedo de qué? —preguntó Ceeron.

—Miedo de lo que me haríais si descubríais que había más como yo. Más humanos.

Emma había juntado las manos como si intentara hacer con sus dedos un nudo.

—Sé que debería haberlo dicho antes. —Habló en un susurro quebradizo—. Lo siento.

—¿Lo sientes de *verdad*? —pregunté—. ¿O es otra de tus mentiras?

Emma no respondió.

La miré con fijeza.

—Basado en tus acciones pasadas, solo puedo concluir que *aún* mientes. Que nos manipulas para obtener lo que quieres.

Ceeron colocó una mano pesada sobre mi hombro.

—XR… quizás estás siendo demasiado duro con ella.

—O quizás he sido demasiado blando con ella todo este tiempo. Por ella, dejé mi trabajo. Abandoné mi propósito. Guardé secretos. Le mentí a mi UnidadFamiliar. Desde que Emma llegó a mi vida, me he comportado de un modo que es… que es…

Humano.

Mi sistema de memoria reprodujo todo lo que había aprendido sobre los humanos desde el Día[1]. Cada uno de los fallos que mi UnidadFamiliar había marcado. Cada detalle horrible de las transmisiones diarias del presidente.

Los humanos eran impredecibles/ilógicos/imprudentes/engañosos/peligrosos.

Y ahora… yo también lo era.

Por Emma.

Miré la camiseta de flores que llevaba puesta. Incluso estaba *vestido* como un humano.

Ya no quería aquel recordatorio. Arranqué el sombrero de mi cabeza y lo lancé a los árboles. Intenté hacer lo mismo con la camiseta, pero solo logré enredarme en ella. Tenía tan poca experiencia con las prendas humanas… La tela se retorcía entre mis dedos. Tenía los brazos atascados dentro de las mangas.

Emma alzó una mano.

—Ven. Déjame ayudarte.

Me aparté de ella.

—No quiero tu ayuda.

Abandoné mi esfuerzo de quitarme la camiseta y permití que colgara de mis hombros.

—Nunca deberíamos haber confiado en ti. —La fulminé con la mirada—. Ahora nos están cazando. Nunca seremos capaces de regresar a nuestros trabajos. A nuestras UnidadesFamiliares. A nuestras vidas.

SkD emitió un pitido de alerta. Lo ignoré. Continué hablando.

—Es demasiado tarde para deshacer los errores que has cometido. Pero me niego a continuar ayudándote.

La angustia y la desesperación plagaban el rostro de Emma.

—Por favor, XR. Si pudiera…

No quería oír el resto de lo que ella tenía para decir. Me giré y caminé en dirección opuesta.

SkD me alcanzó. Sus bandas giraban, su pantalla brillaba.

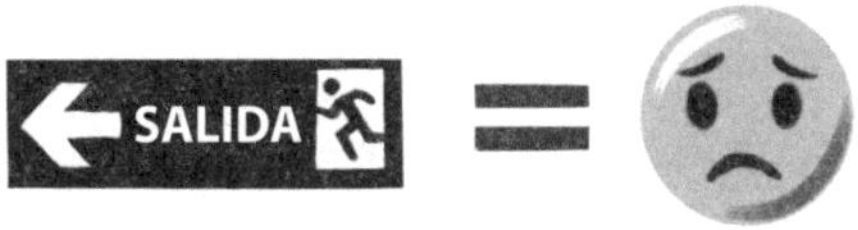

Me detuve lo suficiente para decir:

—No me importa que te entristezca. Me voy.

Comencé a caminar de nuevo. No miré atrás.

01010101

Ceeron y Emma me llamaron, pero no reduje la velocidad. Pronto, sus voces desaparecieron por completo. Solo oía el *pum* de mis pasos sobre el suelo y el *crac* de las ramas doblándose/crujiendo/rompiéndose.

Me quedaba mucha batería. Podía recargarme en el centro comercial y luego continuar el resto del camino.

Pero ¿qué pasaría cuando llegara a casa?

¿Qué clase de castigo recibiría por haber traicionado a la Colmena?

Borré esas preguntas. Ahora no importaban. Lo único que importaba era alejarme.

Lejos de la humana.

Lejos de sus mentiras.

Aumenté mi configuración de velocidad hasta que el mundo a mi alrededor se transformó en un manchón verde. Árboles/arbustos/enredaderas... Todo mezclado con todo.

Tropecé con un tronco caído. Mi rodilla golpeó fuerte el suelo. Los sensores de mi pierna registraron el impacto. Los mensajes recorrieron mi circuito.

¡PELIGRO!

¡RIESGO AMBIENTAL!

¡REDUCIR LA VELOCIDAD!

Desactivé los mensajes. Me puse de pie y continué.

Accedí al almacenamiento de memoria, etiqueté cada interacción con Emma. Toqué **Reproducir**. Todos los recuerdos comenzaron a la vez. Miles de ellos. Giraban por mi mente como cenizas de un edificio en llamas.

Algunos archivos eran diminutos. Su reproducción duró solo pocos segundos. El atisbo de la sonrisa de Emma. Un estallido repentino de risa ante una broma que yo no comprendía. Otros ocupaban más espacio. Cuando descubrí a Emma oculta detrás del almacén. Cuando caminamos uno al lado del otro por el centro comercial oscuro/en ruinas.

Qué extraño cómo los recuerdos pueden ser familiares/no familiares a la vez.

Idénticos/diferentes a la vez.

Los momentos en sí no habían cambiado. Se proyectaron en el cine de mi mente con precisión perfecta. Todos ellos.

En cambio, yo...

Yo *había* cambiado. Había aprendido del engaño de Emma. De su manipulación. Y ahora, mientras miles de recuerdos se reproducían en un círculo sin fin, analicé cada palabra/gesto/acción y me pregunté...

¿Algo de eso había sido verdad?

¿Algo de eso había sido real?

Mis pensamientos estaban tan enredados en mis recuerdos de Emma que no vi la rama de un árbol. La extremidad retorcida y cubierta de moho se fusionó con el paisaje verde hasta que...

¡WHAP!

La rama me golpeó el rostro y me empujó a un lado. Mis pies tropezaron entre sí. Mi configuración de equilibrio se desconfiguró. El mundo dio vueltas. Intenté recobrar el balance aferrándome a un árbol. Pero mi puntería estaba desregulada. En cambio, sujeté...

Nada.

Un puñado de aire vacío.

Tropecé hacia adelante. El suelo desapareció bajo mis pies. Caí por una colina empinada.

Rodé/me sacudí/me golpeé/me retorcí.

En medio del caos, mi puerto visual registró la vista debajo de mí.

Un río.

La vista envió un nuevo mensaje de alarma por mi sistema.

¡PELIGRO!¡PELIGRO!¡PELIGRO!

Intenté detener mi caída. Sujeté raíces/rocas/ramas, pero caía demasiado rápido.

Calculé la distancia de la colina (**23 metros**), el ángulo (**49.7 grados**), la constante gravitacional de la Tierra (**9.807 m/s²**). Cientos de ecuaciones rodaban por mi cráneo metálico. Era la pieza de tecnología más avanzada que este mundo ha visto. Y estaba completamente indefenso.

Continué cayendo.

Abajo/abajo/abajo

Abajo/abajo/abajo

Abajo/abajo/abajo

Abajo/abajo/abajo

Abajo/abajo/abajo

Abajo/abajo/abajo

Abajo/abajo/abajo

01010110

Los recuerdos continuaron en reproducción.

En medio del caos, no pude desactivarlos. Miles de recuerdos reproduciéndose sin parar. Parpadeaban por mi cableado mental, aun mientras el mundo giraba violentamente.

Mientras yo caía, Emma también lo hacía.

Ella se sacudía en mi cabeza de acero como un guijarro dentro de un frasco. Rebotaba contra mi cerebro mientras yo caía

abajo/abajo/abajo

... un par de ojos asustados mirándome desde la parte trasera de un almacén...

abajo/abajo/abajo

... una hoja girando entre los dedos de Emma...

abajo/abajo/abajo

... explorando el centro comercial como dos niños de un tiempo extinto hace una eternidad...

abajo/abajo/abajo

... oyendo el ritmo de la respiración humana de Emma mientras la mañana llenaba el cielo...

abajo/abajo/abajo

01010111

¡SPLASH!

Mis piernas se zambulleron en el río hasta las rodillas. El resto de mi cuerpo también lo habría hecho, pero sujeté la raíz de un árbol en el último segundo. De pronto, el impulso de mi caída se detuvo.

La corriente golpeó el contorno metálico de mis piernas. Sentí la fuerza del agua.

Empujándome.

Intentando arrancarme.

Intentando llevarme.

Mis dedos se aferraron con más fuerza a la raíz. La sostenía con una sola mano.

Giré el cuerpo a un lado e intenté balancear mi otro brazo. Si tan solo pudiera colocar la segunda mano en la raíz... podría subir y salir del agua.

Intenté atrapar la raíz con mi mano libre. Fallé. Ni siquiera me acerqué.

Mi cerebro estaba nublado de cálculos. La distancia del brazo/la distancia de la raíz/el ángulo de alcance. Cotejé mis descubrimientos. El resultado parpadeó por mi circuito:

Imposible.

No necesitaba ser una pieza de tecnología avanzada para comprender mi problema. Sin importar lo que hiciera, terminaría en el mismo lugar.

El río.

El aullido de la corriente de agua llenó mis puertos de audio. El río era constante/infinito/letal. No me soltaba. Pero tarde o temprano, *yo lo haría*. Mi mano sobre la raíz iba cediendo. La fuerza del agua era demasiado poderosa.

Una definición apareció en mis pensamientos.

> **Inevitable.** *Adjetivo.* **1.** Que ocurrirá con certeza. Imposible de evitar.

Solo era cuestión de tiempo hasta que el río me tragara.

Mi camiseta floreada estaba rota y manchada con tierra/césped.

No sentía la parte inferior de mis piernas. Mis sensores estaban desactivados por el agua.

Mis dedos resbalaron.

Sabía lo que vendría.

Era inevitable.

Intenté contar hasta un millón, para no pensar. En binario. Una avalancha de unos y ceros. Pero continuaba distrayéndome.

Por la succión del río.

Por los pensamientos sobre mi UnidadFamiliar. Los secretos que les había guardado. Las palabras que nunca les podría decir.

Lo siento.

Tenía mis razones.

Adiós.

Pensé en mis compañeros. En el tiempo que pasamos juntos en la granja solar (**81.216 horas**). En la cantidad de paneles solares que instalamos (**1.300.158**). En la cantidad de veces que les dije que eran mis amigos (**0**).

Y pensé en Emma. Incluso ahora, la reproducción de los recuerdos continuaba.

El agua comenzó a entrar en mi sistema y a corromper mi proceso. Un recuerdo sobresalía. Más grande y brillante que todos los demás. Un recuerdo al que nunca había accedido. Un recuerdo de Emma...

Extendiendo el brazo hacia mí.

Extendiendo sus dedos hacia los míos.

Su voz sonó por encima del ruido del agua.

—¡XR! ¡Agarra mi mano!

Allí fue cuando comprendí mi error.

Esto no era un recuerdo.

Esto estaba pasando.

Aquí/ahora.

Emma me había encontrado.

Ella estaba intentando salvar mi vida.

01011000

El agua corría debajo de mí. Emma estaba colgada arriba. Pero no estaba sola. Más alto en la colina, vi un atisbo de SkD. Tenía uno de sus brazos telescópicos extendido. Emma sujetaba su garra con firmeza. Lo único que evitaba que ella cayera.

Pero ¿qué evitaba que *SkD* cayera?

Esta pregunta encontró su respuesta cuando subí la mirada por la colina. Vi una mano metálica gigante. Adosada a un brazo metálico gigante. Conectado a un cuerpo metálico gigante.

Ceeron.

El robot sujetaba un árbol con una mano y a SkD con la otra. Tenía sus pies inmensos plantados en la tierra inclinada. Sus ojos blancos me miraban.

Los miré a los tres. Ceeron/SkD/Emma. Formaban una cadena. Tres eslabones que bajaban por la colina. Robot/robot/humana. Todos trabajando con el mismo propósito. Todos trabajando para rescatarme.

—¡Agarra mi mano, XR! —exclamó Emma—. ¡Te tenemos!

Balanceé mi brazo libre.

Sujeté la mano de Emma.

Me convertí en el cuarto eslabón de la cadena.

01011001

Cuando todos estuvimos a salvo en la cima de la colina, me derrumbé en el césped. El único sonido en mis puertos de audio era el zumbido fuerte de mi propio sistema operativo. El funcionamiento de cientos de procesadores internos distintos saturados.

Emma se recostó a mi lado. Su pecho subía y bajaba con cada inhalación intensa. Su sistema operativo interno también debía estar saturado.

La miré. Me miró.

—Gracias —dije.

—Lo siento —respondió ella.

—Os puse a todos en riesgo —me lamenté.

—Yo también —respondió.

—Entiendo por qué hiciste lo que hiciste.

—Debería haberlo contado antes.

Sacudí la cabeza de un lado a otro.

—Lo que hiciste fue lógico. Si nos hubieras contado cuál era tu destino final, el riesgo habría aumentado. Para ti. Y para los otros humanos.

Esas últimas palabras flotaban en mi almacenamiento de memoria. **Los otros humanos**.

De pronto, me incorporé.

—Los otros humanos. Tu UnidadFamiliar. Aún necesitan tu ayuda.

Por mi experiencia con Emma, había aprendido que un único humano puede contener muchas emociones. A veces, están ocultas bajo la superficie. Solo son visibles por el latido leve de un párpado o por la boca semiabierta de manera casi imperceptible. Otras veces, los sentimientos de un humano desbordan su rostro como un huevo roto. Aparecen en todas partes a la vez.

Esta fue una de esas veces.

Ante la mención de su UnidadFamiliar, las emociones inundaron las facciones de Emma. Amor/Miedo/Tristeza.

Y esperanza.

Después de abandonar el único hogar que había conocido, después de haber viajado toda esta distancia, arriesgando su vida...

Estaba tan cerca.

Emma se puso de pie de un salto.

—¡Tengo que entrar a ese búnker!

Ceeron adoptó su altura total.

—Iré contigo —dijo el gigante.

La pantalla de SkD brilló con dos pulgares arriba.

Emma miró con incertidumbre en mi dirección. Mis compañeros también.

No vacilé.

—Vamos.

Pero no fue tan sencillo. Cuando intenté ponerme de pie, me di cuenta: el agua había dañado mis piernas. Caí a un lado.

Del Intento[2] al Intento[4], todos fueron igualmente fallidos. Cada vez que lo intenté, caí al suelo.

Mi almacenamiento de memoria accedió a una escena del Día[1]. Mis primeros minutos en la Tierra. Dentro de mi hogar. Mi UnidadFamiliar mirándome, sus ojos brillando azules en el cubo oscuro/sin ventanas, mientras continuaba tambaleándome y cayendo al suelo.

No estaba fracasando.

Estaba *aprendiendo*.

Y ahora, parecía que debía aprender de nuevo.

En el Intento[5], estaba en medio de levantarme y caer cuando una mano apareció frente a mí. La mano de Emma. La sujeté para equilibrarme.

—¿Puedes caminar? —preguntó Emma.

—Solo hay una forma de descubrirlo —respondí.

Mientras me aferraba a la mano de Emma, di un paso. Los sensores de la mitad inferior de mis piernas ya no funcionaban. No sentía el impacto del suelo bajo mis pies. Pero tampoco me caí.

Sosteniendo con fuerza la mano de Emma, di varios pasos más. Con cada uno de ellos, me sentía más capaz. Realineé mi balance. Miles de configuraciones distintas se reconfiguraron.

Una sonrisa llenó el rostro de Emma.

—Lo haces genial.

Comenzamos a movernos. Avanzamos por el bosque lo más rápido que mis piernas entumecidas podían. Me aferré a Emma durante todo el camino. Y ella a mí. Y juntos, nos tambaleamos de regreso en dirección al búnker.

Empujamos una pared de ramas y salimos al claro. Mientras caminaba hacia la escotilla, sentí el cambio en el aire.

Una ráfaga de viento.

Una tormenta que apareció en medio de un día tranquilo/despejado.

A mi alrededor, los árboles comenzaron a temblar.

Alcé la vista y la vi.

Una X plateada inmensa flotando sobre nosotros.

01011010

Ya había visto esa máquina voladora. En el Día[1]. El DronTransportador. Un robot que trasladaba a otros robots de un lugar a otro. Ahora aquí estaba de nuevo. Sus motores rugían, sus hélices cortaban el cielo en fragmentos diminutos.

Ajusté mi configuración vocal al volumen máximo.

—¡CORRED!

Nos giramos y regresamos al bosque. No era capaz de correr rápido con mis piernas entumecidas. No importaba. Antes de que cualquiera de nosotros pudiera llegar lejos, el muro de ramas verdes estalló y una pesadilla lo atravesó.

Un BotCazador.

Sus garras afiladas arañaban la tierra. Sus dientes metálicos producían un ruido violento.

Nos volvimos y nos tambaleamos en dirección opuesta. Pero cuando nos acercamos al otro lado del claro, algo se movió detrás de los árboles. Un destello plateado. Un par de ojos rojos fulminantes.

Apareció un segundo BotCazador.

Había otros con él. Salieron de todas partes. Elegantes/poderosos/peligrosos. Depredadores centrados en su presa. Nos habían rodeado.

El giro de las hélices hizo que alzara la vista. El DronTransportador flotaba sobre la línea de árboles, bloqueaba el cielo. Una sección de su estómago metálico gigante se separó del resto de la nave.

Una *O* metálica en el centro exacto del DronTransportador.

La plataforma redonda tenía ocho metros de diámetro. Colgaba de cuatro cables y bajaba despacio/firme.

Abajo/abajo/abajo.

El viento sacudía tierra/hojas/césped en el aire. Emma cubrió sus ojos. Sus prendas flotaron con violencia.

Las mías también. La camiseta floreada se infló a mi alrededor.

¡KA-TUNK! La plataforma llegó al suelo en medio del claro. Cubrió la escotilla debajo.

Miré a los BotsCazadores. Estaban allí para evitar que huyéramos. Y para alentarnos a avanzar y subir a la plataforma.

Teníamos dos opciones:

[1] Correr.
[2] Subir a la plataforma.

Si escogíamos la **Opción[1]**, los BotsCazadores nos destrozarían. Era una certeza.

Así que escogí la **Opción[2]**.

Subí a la plataforma.

Uno por uno, los demás tomaron la misma decisión. SkD rodó despacio sobre el borde de la plataforma. Un instante después, Ceeron se unió a él.

Emma fue la que más tardó. Enmarcado por el caos de su pelo enmarañado por el viento, su rostro estaba lleno de angustia. Había recorrido un largo camino hasta allí. El otro búnker estaba tan cerca…

Y era imposible de alcanzar.

Estaba completamente cubierto por la *O* de metal gigante.

Los robots nunca hacían algo por accidente. Y esto no era una excepción. El DronTransportador debía haber visto la escotilla. Por ese motivo había bajado la plataforma en aquel lugar exacto.

Para cubrir la escotilla.

Para garantizar que nadie pudiera entrar/salir.

Emma avanzó, abrazándose a sí misma. Sus pasos furiosos resonaron sobre la superficie metálica.

La plataforma comenzó a moverse. Nos subió despacio hacia el DronTransportador. Alcé mis puertos visuales y miré la abertura. Un brillo extraño iluminaba el interior.

La plataforma continuó subiendo.

Arriba/arriba/arriba.

Dentro del estómago del robot volador gigante.

01011011

Atravesamos el suelo del DronTransportador. Mientras miraba a mi alrededor, todo lo que veía era familiar/desconocido.

Nunca había estado allí. Pero lo había visto miles de veces. Dentro de mi mente. Proyectado en la Colmena.

Aquí era donde el presidente hacía su Transmisión Diaria.

Estábamos dentro del DomoDigital.

Sus muros estaban cubiertos de pantallas. Al igual que el alto tejado arqueado sobre nuestras cabezas. Miles de pantallas, cada una mostrando exactamente lo mismo.

A nosotros.

Ceeron/SkD/Emma/Yo.

Lo he dicho antes: los robots no sueñan. Pero quizás era como esto. Estar en un lugar real/irreal. Un lugar que solo había visto en mi cabeza. Hasta ahora.

Un sueño convertido en realidad.

Cuando me giré, el movimiento se reflejó en todas las pantallas. De inmediato/en simultáneo.

¿Dónde estaban las cámaras? ¿Estaban integradas de forma invisible en los muros?, ¿adjuntas a nanobots, máquinas tan pequeñas que no podíamos verlas?

Eché un vistazo rápido a la estancia. Miles de versiones mías imitaron el gesto.

El efecto mareaba. Mis puertos visuales estaban abrumados.

Quizás por este motivo tardé tanto en notarlo:

No estábamos solos.

01011100

Primero vi sus ojos. Dorados como el sol.

Mirándome.

La silueta alta/esbelta de un robot estaba enmarcada por el fondo de pantallas brillantes. Oscuras como una sombra. Excepto por esos ojos resplandecientes.

El robot avanzó en nuestra dirección.

La cortina de oscuridad desapareció y reveló sus facciones. Piel de platino pulida. Un código de barras impreso en su pechera. No necesitaba escanearlo. Ya sabía el nombre del robot.

PRES1DENTE.

Sus pasos golpearon silenciosos el suelo. Hasta que se detuvo de pie frente a nosotros. La mirada dorada del presidente aterrizó en Emma.

—Entonces es verdad —dijo—. Una humana real. Viva. Después de todos estos años.

—Por favor, déjame ir —respondió Emma—. No le haré daño a nadie. Lo prometo. No causaré problemas.

—Ah, pero ya has causado bastantes problemas. —Inclinó el torso hasta la altura de Emma y la observó con atención—. Por tu culpa, toda nuestra sociedad está en alerta máxima. Por tu culpa, tres robots altamente productivos han sido corrompidos.

Emma sacudió la cabeza de lado a lado.

—¡Solo intentaban ayudar!

—*¿Ayudar?* —Los ojos de PRES1DENTE ardieron en nuestra dirección—. ¿Y por qué querrían hacer algo semejante? ¿Con todo lo que sabemos sobre los humanos?

Vacilé 0.8 segundos antes de responder:

—Decidimos que una niña humana no representaba una amenaza para nuestra civilización.

PRES1DENTE se incorporó y se giró para encararme.

—Pongamos a prueba tu hipótesis. Desde que conocisteis a la humana, tus compañeros y tú abandonasteis vuestros empleos y vuestras UnidadesFamiliares. Alterasteis las coordenadas de rastreo de nuestros BotsCazadores. Os escabullisteis en una EstacióndeTren e hicisteis daño a una máquina compañera.

Porque la máquina tenía cautiva a Emma. Esas palabras parpadearon por mi cerebro, pero PRES1DENTE habló primero.

—¿Recordáis lo que digo al final de cada Transmisión Diaria? —preguntó—. ¿O la humana también ha corrompido vuestras memorias?

—Un robot comparte todo con la Colmena —recité—. Un robot no tiene nada que ocultar.

PRES1DENTE asintió.

—Traicionasteis esas palabras. Nos traicionasteis a todos nosotros. Mírate. Incluso vistes con prendas humanas.

Miré mi camiseta. Flores blancas impresas en la tela roja. Intenté responder para defenderme, pero las palabras se enmarañaron dentro de mi puerto vocal.

Todo era muy abrumador. Y no podía apartar la vista. Las pantallas estaban por todas partes. Todas mostraban exactamente lo mismo. Todas reflejaban ese instante ante mí.

Miles de versiones del Presidente de la Colmena.

Miles de versiones de mí.

En todas ellas, PRES1DENTE alzó su brazo largo/plateado, extendió su dedo largo/plateado y golpeó mi pecho con un *clinc* sólido.

—¿Qué tienes que decir? —preguntó—. ¿Qué explicación otorgas por tus acciones? ¿Por las acciones de tus compañeros?

Pensé en esas preguntas. Mi circuito estaba inundado de respuestas posibles. Pero las borré todas. En cambio, hablé sin hacer cálculos, sin análisis.

Dije:

—Hay un error en mi programación.

Los ojos de PRES1DENTE ardían dorados/brillantes.

—¿Entonces confiesas? ¿Te afecta un virus?

Sacudí la cabeza de un lado a otro.

—No soy el único. Hay un error en la programación de *todos nosotros*.

Un sonido brotó de lo profundo del sistema operativo de PRES1DENTE. Un gruñido constante y furioso.

—¿De qué hablas?

—Desde el instante en que nos conectamos en línea, los robots hablamos una y otra/otra/otra vez sobre los fallos de la humanidad. Nos rodeamos con las ruinas de su civilización. Atestiguamos sus errores en la Transmisión Diaria. Para nunca olvidarlo: los humanos son imprudentes/impredecibles/violentos/codiciosos. Y es verdad. Pero no es la única verdad. Los humanos son mucho más que eso.

Miré a Emma.

—Los humanos también son amables. Y generosos. Y sensibles. Y raros. Y artísticos. Y están dispuestos a arriesgar sus vidas por otros.

—Y también son graciosos —añadió Ceeron.

SkD emitió un pitido. Un símbolo apareció en su pantalla.

Traducción: *Y capaces de amar.*

—Pero nuestra programación nunca nos dice nada de todo eso. Y ahora entiendo por qué —dije.

El presidente se cruzó de brazos.

—¿Por qué?

—Porque somos la razón por la cual los humanos estuvieron a punto de extinguirse. Es más fácil para nosotros procesar esa noción si solo vemos sus fallos. Si pensamos en los humanos solo como seres imprudentes/impredecibles/violentos/codiciosos. Si ignoramos todas los atributos humanos positivos.

—Hicimos lo que era necesario —dijo el presidente.

—Eso no implica que fuera lo correcto —respondí.

—Hemos oído suficiente de vosotros —prosiguió él—. Es hora de que escuchemos a nuestra audiencia.

¿Audiencia? Miré alrededor del DomoDigital. Las pantallas parpadeaban. No solo funcionaban en el interior del Dron-Transportador. También estaban proyectando todo por la Colmena.

El mundo entero nos miraba.

01011101

Una fórmula cobró forma. Poco a poco. Parte por parte. Como un rompecabezas que se va armando, muchos fragmentos integrando un todo.

PRESIDENTE estaba descontento con nuestras acciones.

Por lo tanto:

Debíamos ser castigados.

Sin embargo:

Un castigo simple no era suficiente.

Porque:

PRESIDENTE necesitaba garantizar que esto nunca pasaría de nuevo.

Lo cual implicaba:

PRESIDENTE nos convertiría en un ejemplo.

Por supuesto que nuestro encuentro estaba siendo transmitido para la Colmena.

Por supuesto que todos los robots de la Tierra nos estaban mirando.

El presidente quería que ellos presenciaran nuestra desgracia. Para que supieran lo que pasaba con aquellos que desobedecían.

—Todos somos parte de la Colmena. Ahora veamos qué piensan vuestros compañeros robots de vuestras acciones.

Con esas palabras, la reproducción del vídeo terminó. Las pantallas se pusieron blancas. Pero no permanecieron así demasiado tiempo. En menos de un segundo, las primeras palabras cobraron forma.

HAN TRAICIONADO A LOS SUYOS.

Este texto apareció en el muro digital con letras gigantes. Mientras lo leía, mi sistema de memoria reprodujo lo que PRES1DENTE acababa de decir. *Es hora de que escuchemos a nuestra audiencia.*

Toda la sociedad robótica observaba. Pero esta era una comunicación bilateral. Ahora, ellos también tenían la oportunidad de decir lo que pensaban. El juicio de mis compañeros robots iba llegando. Cada pantalla estaba llena de sus acusaciones/su desconformidad/su furia.

Castíguenlos la humana es mala influencia robots unidos contra la humanidad **son traidores** matad a la humana **detened a los robots insurgentes** ***gracias por mostrarnos su traición*** la humanidad es un virus **XR_935 miente, como un humano** han corrompido a esos robots destruidlos a todos **deben pagar por sus errores** nunca olvidéis los fallos de la humanidad **estamos mejor sin humanos** estos robots son una cicatriz en nuestra civilización

SON UNA DESGRACIA PARA TODOS LOS ROBOTS

Adonde mirara, veía desprecio. Adonde mirara, veía furia.

¿Qué pensaría mi UnidadFamiliar? Debían estar mirando. Pero ¿coincidirían con los comentarios? ¿Querían vernos pagar por nuestra traición?

Me preguntaba si alguna vez recibiría respuestas a estas preguntas. Si vería de nuevo a mi UnidadFamiliar. Si ellos *querrían* verme de nuevo.

—Creo que todos captamos la idea —dijo PRES1DENTE.

Las pantallas parpadearon. El río de palabras desapareció. El DomoDigital regresó a la normalidad. Cada pantalla mostraba la escena que tenía lugar aquí/ahora.

El presidente señaló a Emma.

—Todo esto es culpa suya. La humana ha corrompido a XR_935 y a sus compañeros. Los ha llevado por el mal camino, los ha puesto en contra de su propia especie. Si permitimos que ella viva, nos hará lo mismo a los demás.

Proyectó su voz por la Colmena, entrando en la mente de millones de robots.

—Solo hay una solución lógica. —PRES1DENTE avanzó hacia Emma—. Hay que eliminar a la humana.

01011110

Un robot rara vez desobedece. Cuando ocurre, en general es por un error en nuestra construcción. Un error que se escabulle dentro de nuestra programación.

O una paradoja que aparece en mitad de un día ordinario.

Como dije: la desobediencia no ocurre con frecuencia. Y cuando un robot se aparta de las reglas, un protocolo estándar entra en funcionamiento.

Paso[1]: Alertar a la Colmena.
Paso[2]: Enviar BotsdeEjecución.

Un BotdeEjecución tiene forma de ladrillo gigante. Gris, con piernas/brazos parecidos a bloques. Un par de ojos negros inertes sobresalen de su cabeza rectangular.

Los BotsdeEjecución no son veloces/feroces como los BotsCazadores. Son lentos/constantes/incansables. Nunca se rinden. Nunca pierden de vista su objetivo: capturar al robot que ha roto las reglas.

Nunca había visto a un BotdeEjecución.

Pero eso estaba a punto de cambiar.

Una puerta se abrió. Una abertura oscura en el muro digital parpadeante. Y a través de la puerta, apareció una figura con forma de bloque.

Un BotdeEjecución.

Varios más lo siguieron. Eran catorce en total. Invadieron la sala, y se dirigieron hacia nosotros.

Calculé la distancia entre **ellos** y **nosotros**. Un número que disminuía rápidamente.

Doce metros.

Once.

Diez.

Ceeron fue el primero de nuestro grupo en hacer un movimiento. La máquina gigante avanzó y se interpuso entre Emma y los BotsdeEjecución. Formó dos puños metálicos inmensos con las manos.

SkD y yo nos colocamos uno a cada lado de Ceeron. Adopté una postura defensiva.

Mi cabeza estaba llena de probabilidades. Analicé los cientos de escenarios posibles, calculé todos los desenlaces probables para nuestra pelea contra los BotsdeEjecución.

Perdíamos en todos.

Incluso con el tamaño/fuerza de Ceeron, no teníamos oportunidad de vencer. No contra tantos BotsdeEjecución.

Estaban diseñados para el conflicto.

Nosotros no.

De todas formas, me preparé para luchar.

Nueve metros.

Ocho.

Miles de pantallas reflejaban nuestra situación imposible ante mis ojos.

Siete.

Seis.

Miré a Emma. El miedo estaba en todo su rostro. Y su rostro estaba en todas partes. En las pantallas a nuestro alrededor. Proyectado en la Colmena.

Un mundo lleno de robots observando. Esperando atestiguar su muerte.

Pero ¿y si en cambio les mostrábamos otra cosa?

¿Algo que nunca habían visto?

Cinco.

Cuatro.

Una chispa en mi circuito mental. Una llamarada expandiéndose por mi sistema operativo. Una idea.

Tres.

Dos.

Corrí. Más lento de lo normal por mis piernas dañadas. Pero los BotsdeEjecución no hicieron nada por detenerme. No venían por mí. O por mis compañeros de trabajo. Tenían un solo objetivo.

Emma.

Las palabras de PRES1DENTE se reprodujeron en mi memoria. *Hay que eliminar a la humana.*

Tenía que evitar que eso pasara.

Continué corriendo. Mis pasos resonaron sobre el suelo. Era mi primera vez dentro del DomoDigital. Pero también era mi vez número 4.513. Lo había visitado cada día de mi vida. Era el escenario de la Transmisión Diaria del Presidente de la Colmena.

Sabía exactamente adónde ir.

En el extremo del Domo Digital, un cubo pulido/plateado subió del suelo. Había visto lo que pasaba cuando el presidente tocaba el cubo. Solo podía esperar que funcionara igual conmigo.

Me detuve.

Extendí la mano.

Y presioné mi dedo sobre el cubo.

Nunca había usado esa tecnología, pero eso no importaba demasiado para una máquina tan avanzada como yo. En cuestión de un milisegundo, descargué el manual de usuario y lo leí entero, de punta a punta.

Dos veces.

Solo para estar seguro.

Al tocar el cubo, desbloqueé el Archivo de Historia Humana. Miles de millones de archivos con información aparecieron dentro de mi cabeza. Organizados cuidadosamente en carpetas con etiquetas. Cada una contenía un artículo del archivo, un fragmento de historia humana. Leí los nombres de las carpetas:

CRUELDAD HACIA LOS ROBOTS_7002
HÁBITOS POBRES DE LIMPIEZA_1841
PEREZA_6162
HAMBRE_9347
EVASIÓN DE IMPUESTOS_5516
VIOLENCIA ARMADA_3616
HUMANO CAYENDO DE UNA SILLA_2098

Las carpetas eran una colección vasta de lo peor de los humanos. Sus momentos más estúpidos. Más codiciosos. Más vergonzosos.

Las carpetas con datos parpadearon por mi circuito.

Pero solo una capturó mi atención.

NO COMPARTIR

¿Qué contenía la carpeta? ¿Qué escondía?

Solo había un modo de averiguarlo.

01011111

NO COMPARTIR

El nombre de la carpeta parpadeaba brillante por mi sistema operativo. Cuando la abrí, millones de archivos aparecieron. Archivos que no había visto antes. Archivos que nunca habían sido compartidos con la Colmena.

Hasta ahora.

Seleccioné los archivos. Cada uno de ellos. Y los envié a la Colmena.

Esto es lo que cada robot en el planeta vio:

Una enfermera ayudando a una anciana a salir de la cama.
Un padre enseñándole a su hija a ir en bicicleta.
Una boda.
Un funeral.
Un refugio para personas sin hogar.
Un equipo de ingenieros humanos entrenando con cuidado a un robot para enseñarle a caminar.

Y había millones más. No se parecían en nada a los archivos feos/horribles/vergonzosos que compartían con nosotros durante la Transmisión Diaria de PRES1DENTE. Estos eran fragmentos de amabilidad/amor/generosidad/celebración/innovación humana.

Era un retrato de lo mejor de la humanidad.

Pensé en todos los archivos faltantes con los que me había topado. Huecos en la historia humana. Como páginas arrancadas de un libro. Pariente_2 decía que los archivos simplemente se perdieron cuando los robots tomaron el poder. Eso le habían dicho. Eso era lo que nos habían dicho a *todos*.

Pero ahora yo sabía la verdad: los archivos no habían desaparecido por accidente. Habían seleccionado carpetas específicas por motivos específicos.

Y luego nos las habían ocultado.

Las habían encerrado dentro del Archivo de la Historia Humana, donde solo PRES1DENTE podía acceder a ellas.

Ahora eso había cambiado.

Ahora la Colmena finalmente veía lo que PRES1DENTE no quería que viéramos.

Mientras la información prohibida se expandía por el mundo, añadí un archivo. Directo de mi almacenamiento de memoria.

Una adición nueva al Archivo de Historia Humana.

Lo compartí al final.

El recuerdo apenas tenía una hora de edad. Un momento presenciado desde mi perspectiva. A través de mis ojos.

El recuerdo de *esto*:

Estoy sumergido hasta las rodillas en agua.

Un río corre abajo.

Apenas logro aferrarme y no caer.

Alzo los ojos ante una vista inesperada.

Emma.

Y SkD.

Y Ceeron.

Cada uno sujetándose entre sí. Tres eslabones en una cadena. Todos trabajando hacia el mismo propósito.

—¡Agarra mi mano, XR! —exclama Emma por encima del rugido del agua—. ¡Te tenemos!

Balanceo mi brazo.

Conectamos nuestras manos.

Una hecha de metal/cables.

Una hecha de carne/huesos.
Un cuarto eslabón se añade a la cadena.
Escalamos hasta un lugar seguro.
Robot/Humana/Robot/Robot.
Juntos.

0110000

Retiré el dedo del cubo plateado. El Archivo de Historia Humana desapareció.

Regresé al momento presente.

Los muros parpadearon y el DomoDigital mostró de nuevo la TransmisiónenVivo.

Me giré y vi que los BotsdeEjecución estaban exactamente donde habían estado antes de que interceptara la Colmena. Eran catorce, idénticos en cada aspecto excepto por sus códigos de barras. Estaban reunidos en un grupo apretado/gris alrededor de Emma, como si no supieran qué hacer a continuación.

PRES1DENTE estaba de pie a su lado. Sus ojos dorados latían de modo extraño, como un fuego ardiente que esperaba estallar para quemar todo y reducirlo a cenizas.

Habló con un gruñido electrónico bajo.

—Pagarás por esto.

—No me importa. El mundo necesita ver la verdad. —Mi voz sonó por la sala inmensa—. Nunca quisiste que viéramos la bondad en los humanos. Por eso solo nos mostrabas las cosas horribles que hicieron. Por eso dejaste en pie las ruinas de la humanidad.

—Es por el bien de nuestra civilización —replicó—. ¡Los robots deben unirse!

—Y el mejor modo de unirnos es darnos un enemigo en común. Si todos odiamos a los humanos, no nos enfrentaremos entre nosotros. O a ti.

—¡SÍ! —El presidente clavó el pie en el suelo con un *¡CLANG!* pesado—. ¡Y ha funcionado! ¡Nuestra sociedad es más fuerte que nunca!

—Por tus mentiras —dije.

PRES1DENTE miró alrededor del DomoDigital, como si buscara aprobación de las pantallas brillantes en todas partes.

—Era necesario eliminar a los humanos. Después de que desaparecieran, no podíamos permitir que los robots cuestionaran esa decisión. Por eso les mostré los errores de la humanidad. Para recordarles por qué estamos mejor sin los humanos.

—¿Recuerdas lo que dices al final de cada Transmisión Diaria?

—Por supuesto. —Me miró como si tuviera un fallo en mi programación—. Un robot comparte...

El presidente hizo silencio. Sus ojos titilaron.

—¿Qué ocurre? —Incliné la cabeza a un lado—. ¿Algo va mal con tu sistema de memoria? Quizás debería recordártelo.

—No es necesario.

Pero de todas maneras, dije las palabras:

—*Un robot comparte todo con la Colmena. Un robot no tiene nada que ocultar.* —Mientras miraba las pantallas a nuestro alrededor, pensé en todos los robots presenciando este momento—. Has traicionado esas palabras. No has compartido todo. Nos has escondido la verdad.

—¡Suficiente! —PRES1DENTE clavó su mirada radioactiva en los BotsdeEjecución—. ¡Eliminadlos! ¡Eliminadlos a todos!

Me preparé para un ataque que no llegó. Los BotsdeEjecución no se movieron.

Algo los retenía.

El interior del DomoDigital se volvió blanco. Las palabras comenzaron a aparecer en las pantallas.

LA HUMANA MERECE UNA OPORTUNIDAD

Los comentarios aparecieron de nuevo. Primero: una oración sola. Pero pronto, más. Miles de pantallas llenas con miles de comentarios. Llegaban de todas partes, de las mentes de otros robots hasta el interior del domo.

No deberían ocultar la historia humana podemos vivir juntos ***la extinción no es nuestro propósito*** la humana no hizo nada malo la humanidad no es un fallo **ella salvó la vida de un robot PRES1DENTE nos engañó** podemos aprender de los humanos LA COEXISTENCIA ES POSIBLE los humanos nos dieron la vida: podemos ofrecerles lo mismo **dejadlos vivir** ella no tiene la culpa de los errores cometidos por los humanos pasados **dadle una oportunidad** escucho canciones humanas viejas cuando trabajo: ¿eso también me convierte en criminal? Es necesario desafiar/repensar/discutir los valores nuestra sociedad es mejor que esto

No todos habían cambiado de opinión. Algunos mensajes aún apoyaban a PRES1DENTE. Pero la mayoría estaba de nuestro lado. El apoyo se extendió por el DomoDigital como una ola. Estaba tan ensimismado en el flujo de mensajes que estuve a punto de no notar un movimiento en mi periferia visual.

Un destello de plata y oro.

Me volví. PRES1DENTE avanzaba.

—¡La humana os ha corrompido a todos! —El patrón vocal del presidente se retorció en un aullido electrónico—. Pero ¡yo no soy tan fácil de engañar! ¡Sé la verdad! ¡Hay que destruirla!

Extendió los brazos y con elegancia colocó sus dedos de máquina alrededor del cuello de Emma.

01100001

Corrí hacia Emma, pero los BotsdeEjecución se interponían en mi camino. Se acercaron más, rodeando a Emma y a PRES1DENTE. Un enjambre de robots grises/con forma de ladrillo.

Grité, pero mi voz se perdió en el caos. Intenté atravesar el tumulto de máquinas, pero un brazo con forma de bloque me empujó hacia atrás.

Mi configuración de equilibrio dio vueltas sin parar. El mundo se convirtió en una mancha digital.

Caí al suelo.

Mientras me ponía de rodillas, la horda robótica ya se separaba, llevándose a su víctima.

Pero no era Emma.

Era PRES1DENTE.

Apenas podía creer lo que veían mis puertos visuales. La comprensión cobró sentido.

Los BotsdeEjecución no le habían hecho daño a Emma.

La habían *salvado*.

El presidente emitió un grito electrónico terrible. Intentó luchar, pero era inútil resistirse. Los BotsdeEjecución estaban diseñados para este proceso. Era imposible detenerlos.

La sala resonó con el barullo del metal tintineando/arañando mientras llevaban a PRES1DENTE lejos/lejos/lejos.

El momento se repetía en cada pantalla, cada superficie digital, proyectada en vivo por la Colmena y en la mente de cada robot en la Tierra.

Abrieron una puerta en el muro digital. Los BotsdeEjecución lanzaron a PRES1DENTE a la oscuridad que estaba del otro lado.

01100010

Emma estaba de rodillas. Presionaba una mano contra el suelo y la otra con suavidad sobre su garganta. Detrás de la cortina de su cabello, vi fragmentos de su rostro. Tenías manchas rojas en las mejillas. Hacía un esfuerzo con cada inhalación.

Coloqué una mano suave en su espalda.

—¿Estás herida?

Ella sacudió la cabeza de un lado a otro, su voz era un susurro débil.

—Estaré bien.

—PRES1DENTE se ha ido —dijo Ceeron—. No necesitas preocuparte.

SkD apareció a su lado, las imágenes brillaban en su pantalla.

Una sonrisa leve apareció en la comisura de la boca de Emma.

—¡Por supuesto que puedo darte un abrazo!

Ella rodeó al pequeño robot con los brazos.

¿Cómo puedo describir lo que pasó a continuación? Debía ser resultado de mi sistema operativo saturado. No me habían construido para soportar tanto durante un periodo de tiempo tan breve. Sin importar cuántos ventiladores zumbaran en mi interior, mis procesadores ardían.

Estaba exhausto/drenado/agotado.

Por primera vez en mi vida, no estaba pensando en nada.

Antes de notar lo que hacía, me incliné hacia adelante y extendí mis brazos alrededor de Emma/SkD. Un instante después, sentí un gran peso sobre mi hombro. Una mano metálica gigante. Ceeron se unió.

Una definición parpadeó dentro de mi programación.

> **Abrazo grupal.** *Sustantivo.* **1.** Cuando tres o más individuos se abrazan. **2.** Un gesto antiguo utilizado por los humanos para demostrar afecto, apoyo y/o solidaridad.

Mi memoria saltó como una piedra sobre un estanque quieto. Viajé doce años al pasado. Hasta el Día[1]. Mis primeros minutos de vida. El modo en que Pariente_1 había extendido su brazo sobre mí. Pensé que me estaba abrazando, pero estaba equivocado.

Me estaba desconectando.

Doce años era un tiempo largo entre dar un abrazo y recibir uno a cambio.

La espera había valido la pena.

01100011

Había algo que necesitaba decir. No sabía si era el momento correcto (dentro del DronTransportador, rodeado por pantallas parpadeantes), pero no me importaba.

Ya había tardado suficiente.

—Quiero que sepáis algo —les dije a Emma/Ceeron/SkD—. Sois mis…

La palabra flotaba al borde de mi base de vocabulario. Vacilé un último instante.

—Son mis *amigos*.

Silencio.

Por un segundo, esa fue la única respuesta.

Quizás no debería haber dicho nada. Quizás debería haber mantenido mi amistad reservada. Quizás…

La pantalla de SkD brilló.

Una imagen. Muchos significados:

Estoy de acuerdo.

Ya era hora.

Seamos amigos.

Ceeron dijo:

—Yo opino lo mismo.

—¡Lo *sabía*! —La voz entusiasta de Emma se mezcló con el zumbido de los motores—. ¡Vosotros sois sin duda mejores amigos!

Mientras los cuatro nos abrazábamos y hablábamos sobre la amistad, el suelo se movió. La plataforma en forma de *O* descendió, llevándonos de nuevo abajo.

Fuera del DomoDigital.

¡KA-TUNK! La plataforma aterrizó en medio del claro del bosque. Bajamos y la *O* metálica gigante se movió de nuevo y regresó a la *X* inmensa en el cielo.

Y como si fuera un truco de magia, la plataforma en alto reveló algo maravilloso debajo.

La escotilla.

Emma descolgó su mochila del hombro. Abrió el bolsillo delantero, buscó dentro y extrajo un objeto delgado/metálico/gris. Del largo de su dedo índice. Redondeado en un extremo, dentado en el otro. Busqué en mi banco de imágenes y el nombre del objeto apareció.

Llave.

De rodillas, Emma limpió la puerta del búnker hasta encontrar lo que buscaba: un agujero que encajara con la llave. Pero el agujero estaba relleno de treinta años de tierra acumulada. Y sin importar cuánto Emma la rascara, no lograba apartar la tierra.

Chirrup. Emma alzó la vista de la cerradura llena de tierra y vio que SkD la estaba mirando. Su pantalla parpadeó.

Le dije a Emma:

—SkD quiere soltar viento.

Emma rio.

La miré confundido.

—¿Qué es tan gracioso sobre SkD soltando viento?

—Nada —dijo ella todavía riéndose—. ¡Hazlo, SkD! Te doy oficialmente permiso para soltar viento.

El pequeño robot extendió uno de sus brazos hacia la cerradura. Desde la punta del dedo apareció un estallido de aire con mucha presión. *¡FUUSH!* Una tormenta diminuta apuntó directa al interior de la cerradura. La tierra voló por todas partes. Cuando el robot terminó, el agujero quedó libre.

Emma le sonrió a SkD.

—¡Gracias! ¡Eres genial soltando viento!

Ella inhaló profundamente. Insertó la llave. La giró. Y luego…

Clic.

El sonido provino de lo profundo de la escotilla.

Emma sujetó el picaporte. Un cilindro de metal grueso. Tiró/tiró/tiró.

Nada ocurrió.

—Quizás puedo ayudar. —Ceeron sujetó el picaporte. Con un único impulso, el robot inmenso giró el cilindro 90 grados.

Y cuando lo alzó, la puerta se abrió con facilidad.

La curiosidad brotó en mi sistema operativo. Incliné el torso hacia delante. Los otros también. Los cuatro miramos por la abertura. Esto es lo que vimos:

Un tubo metálico redondo.

Extendiéndose hacia abajo/abajo/abajo.

Hacia las sombras.

Hacia el interior del búnker.

Había una escalera en uno de los muros del tubo. Emma subió a ella, un pie cada vez. Bajó por la escalera. Cuando estuvo en mitad del tubo, vaciló. Miró en nuestra dirección.

No dijo nada, pero su silencio decía todo. Estaba lleno de miedo/esperanza/entusiasmo/pavor.

—Buena suerte —dije.

SkD emitió un *bip* de acuerdo. Su pantalla brilló con su propia versión de una muestra de apoyo.

👍😃👌❗

Ceeron habló con voz estruendosa:

—Adiós, corazón de arroz. Nos vemos luego.

Aquello hizo sonreír a Emma.

—Hasta luego, buñuelo.

Y con esas palabras extrañas, descendió otra vez.

Abajo/abajo/abajo.

Se adentró en la tierra.

Hasta que las sombras la engulleron por completo.

01100100

Mientras esperábamos, conté en binario.

Cuando llegué a un millón, comencé de nuevo.

Y de nuevo.

Y de nuevo.

Mi cerebro estaba lleno de un flujo constante de unos y ceros. Era la única forma de evitar que mis pensamientos fueran por el sendero oscuro de las probabilidades.

Probabilidad[1]: Los humanos dentro del búnker no poseen la medicina que Emma necesita.
Probabilidad[2]: Se negarán a compartirla con ella.
Probabilidad[3]: Murieron hace tiempo.
Probabilidad[4]: ...

No quería pensar en esos escenarios así que repetí mi tarea, concentrándome en los unos y los ceros, apilándolos en hileras organizadas/cuidadosas hasta que...

Un sonido desde las profundidades.

Un *clang* suave.

La carne sobre el metal.

Los números binarios desaparecieron como humo en la brisa. Miré por el tubo. Al principio, solo vi oscuridad. Luego, una silueta pálida emergió de las sombras.

—¡Emma! —El volumen de mi voz me sorprendió. Resonó en las paredes metálicas—. ¿Estás bien?

Silencio durante 1.2 segundos. Y luego…

—Sí. —Una voz desde las sombras. La voz de Emma—. Estoy bien.

—¿Y la medicina?

Una pausa de 0.6 segundos.

Pareció mucho más larga.

Luego, Emma exclamó:

—¡La tenían! ¡Conseguí la medicina!

Oía el entusiasmo/alivio en su voz, que llenaba el espacio metálico reducido.

Mientras subía, Emma explicó varias cosas: los otros humanos permanecerían abajo. Por ahora. Votarían sobre qué hacer y decidirían juntos si era seguro salir del búnker que había sido su hogar durante los últimos treinta años.

Emma salió de la abertura de la escotilla. Alzó los ojos al cielo. El DronTransportador aún flotaba sobre nosotros.

Miró la inmensa X metálica.

—¿Creéis que vuestros amigos robots nos llevarían de vuelta a mi búnker?

01100101

Ahora que mis compañeros robots habían decidido no matar a Emma, estaban mucho más dispuestos a ayudarla.

Los dos búnkeres estaban separados por 48.6 kilómetros. Lo cual era incluso más lejos que la distancia que habíamos recorrido desde la granja solar. No hubiera querido hacer el viaje de regreso a pie. Por suerte, pudimos volar todo el camino en el DronTransportador.

PRES1DENTE estaba en la nave con nosotros, encerrado en una habitación separada junto con los BotsdeEjecución. La Colmena decidiría qué pasaría con él, cuál sería su castigo por ir en contra de la voluntad de la civilización robótica.

A nuestro alrededor, el DomoDigital mostraba la vista del paisaje debajo. Observé mientras volábamos sobre el terreno familiar, nuestro viaje se desarrollaba en reversa.

El bosque que teñía el mundo de verde.

Las montañas donde Ceeron dijo un chiste sobre unas uvas.

El centro comercial donde morí y renací.

El huerto donde Emma probó una manzana.

La EstacióndeTren donde intentamos/fallamos en dejar a Emma.

El Espectáculo Electrónico donde Emma pasó la noche.

Una nueva vista apareció. La granja solar. Brillaba bajo el sol de la tarde. Había pasado casi toda mi vida entre esos paneles. Pero nunca los había visto de esta forma. Desde tan alto, la granja solar parecía extrañamente pequeña. Como si pudiera rodearla con mis brazos y aferrarla contra mí.

Mi sistema de memoria reprodujo mi primera vista de la granja solar. Por medio segundo, había estado convencido de que era el océano.

Ahora parecía un estanque. Brillante, azul y encantador.

Y pequeño.

Un destello azul rodeado de un mundo muy grande.

Trabajar en la granja solar era mi propósito. Pero no mi *único* propósito.

Ya no.

Quizás, algún día, vería el océano real.

0110O110

El DronTransportador nos dejó en una extensión de colinas levemente onduladas. Caminamos bajo las sombras temblorosas de los robles altos. Emma se detuvo junto a una pila de ramas rotas.

Las apartó, una a una.

Debajo, había una escotilla.

Era una vista familiar/no familiar. Parecía idéntica a la otra escotilla. Pero el búnker era un mundo completamente distinto. Hasta hace dos días, era el único mundo que Emma había conocido. Contenía a su UnidadFamiliar, a sus amigos. Pero ¿aún estarían vivos? Dentro de la mochila de Emma estaba el medicamento antiviral que necesitaban. Pero ¿y si llegamos demasiado tarde? ¿Y si ya habían muerto?

Veía las mismas preguntas en la cara de Emma.

Ella giró la llave, movió el picaporte y abrió la puerta metálica.

Inhaló hondo, como si se preparara para bucear en lo profundo del agua. Y luego, entró a su búnker.

01100111

Ceros y Unos.

Unos y ceros.

Mi cabeza estaba llena de ellos.

El tiempo avanzaba lento.

Segundos/minutos/horas.

Y esperé. Y conté. Y obligué a mi cerebro artificial a no pensar en nada más.

Solo en ceros y unos.

Unos y ceros.

01101000

Durante las cinco horas, doce minutos y cuarenta y un segundos siguientes, Emma salió del búnker tres veces.

Viaje[1]:

Cuando emergió de la escotilla, su rostro estaba cubierto de sudor y sus facciones se veían tensas y llenas de preocupación.

Traía buenas y malas noticias.

Primero las buenas: las personas dentro del búnker todavía estaban vivas.

Ahora la mala: la enfermedad había sido devastadora. Muchos habitantes estaban inconscientes. Algunos apenas se aferraban a la vida.

Emma les había dado a todos la medicación, pero ¿era suficiente?

Secó el sudor de su frente y bajó de nuevo.

Viaje[2]:

Esta vez, una leve nota de optimismo cubría sus facciones preocupadas.

—Aún es demasiado pronto para saberlo con certeza —dijo ella—. Pero creo que algunos están mejorando.

Inhaló hondo de nuevo y bajó otra vez al búnker.

Viaje[3]:

La tercera vez que Emma subió por la escotilla, no estaba sola.

01101001

Un hombre y una mujer siguieron a Emma fuera del búnker. Eran el segundo/el tercer humano que había visto en mi vida.

Los miré con fijeza.

Tenían vestigios de su enfermedad. Círculos oscuros bajo los ojos. Piel cenicienta.

El hombre tenía una barba negra/gris y ojos verdes/marrones. El cabello rizado/castaño de la mujer caía sobre sus hombros angostos.

Hice un análisis comparativo de sus facciones faciales.

—¿Sois la UnidadFamiliar de Emma?

La mujer asintió.

—Soy su madre. —Inclinó la cabeza hacia el hombre a su lado—. Y él es su padre.

El hombre colocó una mano sobre el hombro de Emma. Posó la vista en Ceeron y en SkD antes de finalmente dejarla quieta en mí.

—Nuestra hija nos dijo que le salvasteis la vida. Nos salvasteis a *todos*. Gracias. Muchas…

Sus palabras temblaron y se convirtieron en silencio. Las lágrimas aparecieron en sus ojos verdes/marrones.

SkD respondió con un *bip* agudo. Las imágenes aparecieron en su pantalla.

Ceeron ofreció la traducción:

—Nos alegra haber ayudado.

SkD emitió otro sonido. Otro símbolo apareció.

—Y Emma es sin duda un tesoro —prosiguió Ceeron.

—Estamos de acuerdo. —La madre de Emma sonrió.

—¿Es verdad lo que Emma nos contó? —preguntó su padre—. ¿Que podemos salir del búnker? ¿Estamos a salvo de nuevo aquí arriba?

Asentí. Horas atrás, SkD, Ceeron y yo habíamos subido a la Colmena todos nuestros archivos de memoria de Emma. Aquello le dio a cada máquina la oportunidad de evaluar nuestras interacciones con ella. Y sus interacciones con nosotros. Ella se convirtió en un caso de estudio. Un ejemplo de la vida real de un humano en un mundo robótico.

Y abrimos el Archivo de Historia Humana. Todo. Incluso los archivos que PRES1DENTE había mantenido ocultos durante todos esos años.

Aquello hizo que todo fuera muy complicado.

Nuestras mentes de máquina están habituadas a pensar en binario. A dividir el mundo en dos categorías.

Cero.

O uno.

Pero resulta que los humanos son demasiado complejos para lo binario. No se los puede categorizar solo en una de dos opciones. Hay demasiadas cosas a la vez. Están furiosos/felices, son malos/buenos/presumidos/humildes/ambiciosos/generosos/crueles/amables.

Y mucho más.

Pero después de muchas horas de cálculos/debates/análisis, la Colmena emitió su veredicto.

Los humanos ya no eran el enemigo.

No todos llegamos a la misma conclusión. Algunos aún creían que los humanos no merecían un lugar en nuestra civilización. Que la amenaza era demasiado grande. Que los humanos no eran de fiar.

Pero esas voces quedaron ahogadas por la mayoría de los robots.

Nuestra decisión: desde ahora, compartiríamos el mundo con los humanos.

Cuando le conté esto a la UnidadFamiliar de Emma, el alivio apareció en sus facciones. Miraron su entorno. Las colinas cercanas absorbían los últimos rayos de sol. El cielo de la tarde se colaba a través de los árboles.

—Guau —susurró la madre de Emma con incredulidad—. Olvidé lo *grande* que es todo aquí arriba.

Quizás estaba abrumada por el mundo exterior. O quizás aún sentía los efectos de su enfermedad. Tal vez las dos opciones eran correctas. Pero en un instante, la madre de Emma perdió el equilibrio. Sus rodillas cedieron. Comenzó a caer. Por suerte, Emma estaba allí. Rodeó con un brazo a su madre, brindándole apoyo.

El padre de Emma frunció el ceño con preocupación. Avanzó hacia su UnidadFamiliar, pero parecía igualmente inestable al andar.

Ceeron extendió un brazo grande de metal. El padre de Emma se estremeció, pero luego miró otra vez la mano inmensa y firme del robot.

El miedo desapareció de su expresión.

—Lo siento. Por un segundo, creí que… —Nos ofreció una sonrisa débil—. Supongo que es difícil abandonar viejos hábitos.

Tambaleándose hacia adelante, se apoyó en Ceeron.

Emma miró con nervios a sus padres.

—Os dije que era demasiado pronto. Tenéis que regresar a la cama.

La pantalla de SkD ofreció una sugerencia para su recuperación.

Emma ayudó a su UnidadFamiliar a bajar por la escotilla abierta.

Nos despedimos moviendo las manos.

Pero no fue la única reunión familiar del día. Cuando me volví, me di cuenta de que un par de robots nos observaban.

Pariente_1 y Pariente_2.

01101010

No sabía qué decirle a mi UnidadFamiliar. Pero no tenía importancia. Porque en cuanto los vi, ellos comenzaron a hablar. Sus voces brotaron rápido, una tras otra.

Pariente_1: XR, estábamos preocupados.

Pariente_2: No sabíamos qué te había pasado.

Pariente_1: Cuando desapareciste, calculamos las probabilidades. No eran buenas.

Pariente_2: Asumimos que estabas herido. O peor.

Pensé en miles de respuestas posibles. Ninguna era satisfactoria. Ninguna podía deshacer todo lo que mi UnidadFamiliar había sufrido por mí.

—Lo siento mucho. —Mi patrón vocal tembló. Ajusté la configuración e intenté de nuevo—: Nunca fue mi intención preocuparos.

Mi UnidadFamiliar procesó en silencio aquella respuesta durante 1.3 segundos. En ese tiempo, conté todos los secretos que les había ocultado, los hechos que les había escondido, las horas que había estado lejos, las actualizaciones que nunca había enviado.

Intercambiaron una mirada. Palabras sin decir detrás de sus rostros inexpresivos.

Finalmente, Pariente_2 habló:

—Somos similares en muchos aspectos, XR. Los tres fuimos construidos exactamente para el mismo propósito. Pero hay una gran diferencia.

—Vosotros sois gen_8 —dije—. Y yo soy gen_9.

Mi UnidadFamiliar asintió en perfecto unísono.

—Eres una mejora —explicó Pariente_1—. ¿Sabes lo que significa esa palabra?

—Por supuesto. —Accedí a la definición en mi programa—. «Verbo: poner mejor. Sustantivo: algo adelantado, algo que ha alcanzado un nivel superior al previo».

—¿Ves por qué eres una mejora?

—Porque me construyeron con un procesador mejor —respondí—. Y una CPU más veloz.

—Es verdad. —Pariente_1 me miró con sus ojos azules—. Pero no es *toda* la verdad.

Los miré a los dos.

—No lo entiendo.

Pariente_2 colocó una mano en mi muñeca con un *clanc* suave.

—XR, no eres solo una mejora tecnológica. Eres una mejora en el sentido más básico de la palabra.

—Has alcanzado un estándar más alto. Eres una mejora para la civilización robótica. —Pariente_1 miró a SkD y a Ceeron—. Los tres lo sois. Arriesgasteis vuestras vidas para hacer lo que sabíais que era correcto.

Quería responder, pero mis puertos vocales estaban abrumados. Solo salió un *mmmmmm* suave.

En aquel momento, no me sentía una mejora. Más bien me sentía como una máquina que acababa de salir de la línea de construcción. Como el Día[1]. Abrumado por el mundo vasto/complicado/increíble a mi alrededor.

Un mundo que estaba a punto de cambiar.

01101011

El tiempo avanzó.

Horas/días/semanas/meses.

Los humanos dentro del búnker de Emma pronto se recuperaron de su enfermedad. Salieron de su mundo subterráneo, parpadeando ante el brillo del sol, el verde de los árboles, la amplitud del cielo.

Un mundo nuevo/viejo.

Algunos humanos aún desconfiaban de nosotros. Algunos aún veían a todos los robots como monstruos de metal. Sospechaban que el engaño era parte de nuestra programación. Que nos pondríamos en su contra. Que solo era cuestión de tiempo hasta que desatáramos nuestra ira de nuevo contra la humanidad.

No podía culparlos.

Lo único que podía hacer era tratar a cada humano que conocía con amabilidad/justicia/cortesía y con la esperanza de que, con el tiempo, lo *bueno* superaría a lo *malo*.

Emma y sus padres viajaron al otro búnker. El que estaba marcado con un punto rojo en el mapa. Les dieron las gracias a los humanos del interior por compartir su valiosa medicina, por haber salvado tantas vidas. Y compartieron la noticia: era seguro salir a la superficie. Después de treinta años, todos podían abandonar el búnker.

Tuvieron que convencerlos.

Pero después de un tiempo, esos humanos también salieron de su mundo subterráneo.

Y trajeron una sorpresa con ellos. Información sobre un tercer búnker, a cien kilómetros de distancia. Una visita a este búnker reveló que había un cuarto búnker.

Y un quinto.

Y un sexto.

Y muchos/muchos/muchos más que esos.

El globo estaba lleno de cientos de santuarios subterráneos secretos, el hogar de poblaciones de humanos que se habían escondido cuando los robots tomaron el control.

Parece que no nos habíamos librado de tantos humanos como habíamos creído.

01101100

¿Qué debíamos hacer con PRES1DENTE?

Después de que lo capturaran, toda la civilización robótica debatió sobre esta pregunta. Muchas voces expresaron opiniones distintas.

La mayoría coincidimos en que PRES1DENTE merecía un castigo.

Pero ¿cuál?

Mientras que la Colmena pensaba en esa pregunta, el DronTransportador volaba por el cielo en círculos perfectos. En el interior estaba el presidente, rodeado de BotsdeEjecución.

Nuestra discusión recorría toda la Colmena.

El DronTransportador giraba/giraba/giraba.

Hasta que, al fin, llegamos a un acuerdo.

Esto es lo que sucedió a continuación:

El DronTransportador aterrizó junto a un generador de energía. Un cable de carga estaba conectado a él, lo que garantizaba que la electricidad continuara circulando a través del dron. Una puerta se abrió. Los BotsdeEjecución salieron.

PRES1DENTE no.

El DronTransportador estaba custodiado desde afuera. Los BotsdeEjecución se aseguraban de que nadie entrara/saliera.

El presidente tenía permitido deambular por el DomoDigital. Recargarse. Acceder a cualquier archivo que quisiera. Podía comunicarse con robots individuales, pero ya no daba una Transmisión Diaria a la Colmena.

Mientras tanto, el interior del DomoDigital continuaba parpadeando. Miles de pantallas, todas mostrando lo mismo.

Un robot, solo, dentro de una sala amplia/abovedada.

01101101

Nuestro mundo cambiaba.

Formamos un gobierno de coalición. Partes iguales de humanos y robots.

Los humanos proponían ideas sorprendentes/originales/inteligentes. Ideas relacionadas a la conservación, a la supervivencia, a la energía. Ideas nacidas de tres décadas dentro de búnkeres con la única compañía de su ingenio humano para mantenerse con vida.

Los robots aprendían una cantidad sorprendente de cosas de los humanos.

Y también hubo cambios en las ruinas de la humanidad. En las tiendas/los centros comerciales/los bancos/las gasolineras abandonadas. Habían permanecido en pie durante todos esos años como recordatorio de las debilidades de la humanidad. Pero había llegado la hora de un nuevo recordatorio. No de los errores humanos, sino de su *potencial.*

Así que demolieron las ruinas de la humanidad.

En su lugar, construyeron nuevas estructuras. Diseñadas por humanos, construidas por robots.

Y otro cambio: tenía un par de piernas nuevas.

En cuanto regresé de mi viaje con Emma, fui a una fábrica donde reemplazaron mis piernas dañadas por el agua. Cuando pude moverme por completo de nuevo, regresé al trabajo. Al campo brillante de paneles solares.

Era bueno volver. Solo SkD/Ceeron/yo. Mis compañeros. Mis amigos. Después de tantas interrupciones en mi vida, nuestro trabajo proveía *confort.* Los ritmos constantes/predecibles de nuestras tareas.

Instalar/Conectar/Colocar/Repetir.

Fluíamos unos alrededor de los otros con sincronización perfecta. Tres robots trabajando como uno.

Eso fue algo que no cambió.

Un día, camino a casa después del trabajo, una voz familiar me llamó.

—¡Hola, XR!

Emma corrió hacia mí.

Ella también había cambiado. Antes Emma había sido muy pálida, muy sensible a la luz solar. Pero después de pocos meses de vivir en la superficie, su piel tenía un tono saludable.

Su pelo brillaba más. Tenía mejillas más llenas. Comía una variedad más amplia de comidas. Pescado que capturaban, verduras locales y manzanas. Muchas/muchas/muchas manzanas.

Y ni un solo bloque de proteína sintética comprimida.

También estaba más alta. Desde nuestro primer encuentro, su altura había aumentado tres centímetros.

Continuaría creciendo.

Pero yo permanecería del mismo tamaño.

Quizás un día seríamos capaces de mirarnos a la misma altura.

Emma alzó la vista hacia mí (pero no *tanto* como antes).

—¿Cómo estás?

—No tengo motivos para quejarme —respondí—. Regresaba a casa para recargarme. ¿Y tú?

—Descubrimos otro búnker en la vieja Nevada. Mis padres y yo iremos allí la semana próxima.

Como la primera humana en salir de su búnker, Emma se había convertido en una figura importante para nuestra nueva civilización. Solía ser la primera en entrar en contacto con los humanos subterráneos. Para convencerlos de que ya no estaban en peligro. Para contarles nuestra historia.

Era una historia con un **inicio** y un **nudo**.

Pero en cuanto al **desenlace**…

Aún estábamos escribiéndolo.

Emma era una embajadora. Una intermediaria. Un eslabón en una cadena que conectaba a humanos y robots.

Por supuesto, aquello significaba que pasaba mucho tiempo lejos del colegio. Por ese motivo, Emma siempre viajaba con dos profesores. Uno era humano. El otro era una máquina.

Emma me miró con curiosidad.

—Mañana es tu día libre, ¿no?

Día libre. El concepto aún parecía extraño. Había trabajado más de doce años sin tomarme un solo día libre. Pero desde que los humanos se habían incorporado a nuestra sociedad, aquello había sido otro cambio en mi vida, en mi rutina.

Tiempo lejos del trabajo.

Al principio, no aprobaba la idea. Era ineficiente. Hacía que mi progreso fuera más lento.

Emma no estaba de acuerdo.

«Si toda tu vida es trabajar y dormir, ¿qué sentido tiene?», había preguntado ella. «¿Para qué siquiera molestarse en *vivir*? En ese caso mejor apagar el interruptor ahora y terminar de una vez con esto».

Tenía un argumento válido.

Nuestra existencia tenía que ser para algo más. Emma intentaba ayudarme a descubrir exactamente para qué.

Asentí.

—Sí. Mañana es nuestro día libre.

Emma sonrió.

—¡El mío también! ¿Quieres ir a la playa?

Mi almacenamiento de memoria reprodujo un instante de nuestro vuelo en el DronTransportador. La vista de la granja solar proyectada en el DomoDigital. Desde tan arriba, parecía diminuta. No un océano, sino un estanque.

Por fin tenía la oportunidad de ver un océano real. No planeaba perdérmelo.

01101110

El DronTransportador nos dejó en el aparcamiento.

Poco después de que Emma sugiriera ir a la playa, el tamaño de nuestro grupo creció. Emma y yo también invitamos a Ceeron y a SkD. Y a la UnidadFamiliar de Emma. Y a la mía. Y a la de Ceeron y SkD.

Formábamos una mezcla muy extraña de robots y humanos.

Era un día de verano ideal. El sol brillaba en el cielo celeste. Las gaviotas revoloteaban y volaban en círculos. Y yo vestía el atuendo perfecto. Mi camiseta floreada colgada sobre mis hombros, flotando en la brisa oceánica suave.

Cada vez que me la ponía, recordaba mi visita al centro comercial con Emma.

Los únicos presentes en la playa además de nosotros eran humanos. Cuando nos acercamos, observaron a nuestro grupo inusual. Algunos fruncieron el ceño ante la llegada de los robots. Otros saludaron con alegría.

Me detuve en una extensión de césped con vistas al océano. Los otros robots del grupo hicieron lo mismo.

Emma y su UnidadFamiliar caminaron unos pasos más antes de notar que los demás no los seguíamos.

—¿No queréis acercaros más? —preguntó Emma.

Sacudí la cabeza de un lado a otro.

—No sería prudente. La arena puede entrar en nuestros orificios.

Emma sonrió con picardía al oírlo. Sus padres también.

Miré a los humanos.

—¿Qué es tan gracioso?

—Nada —dijo Emma entre risitas.

Intenté explicarme.

—Si la arena entrara en nuestros orificios sería desagradable.

Aquello generó una nueva ronda de risas en Emma y sus padres.

Miré a Ceeron y a SkD, confundido. Ellos se encogieron de hombros. Incluso después de todo este tiempo, los humanos a veces aún eran un misterio.

Tres *bips* llamaron mi atención. SkD y su UnidadFamiliar mostraban exactamente las mismas imágenes en sus pantallas.

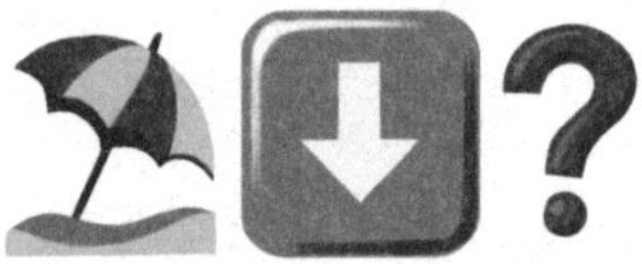

—¡Sí! —dijo la madre de Emma—. ¡Este es un buen lugar!

La UnidadFamiliar de Ceeron cargaba nuestras provisiones. Tenían mucho sitio en sus mochilas grandes/metálicas. Toallas de playa. Sombrillas grandes. Sillas de playa. Una pequeña nevera portátil llena de bebidas y comida. Colocaron esos artículos en el césped.

Dejé que mi cuerpo se extendiera sobre una toalla. El sol brillaba sobre mi piel metálica mientras una pregunta parpadeaba por mi circuito.

¿Ahora qué?

No estaba diseñado para relajarme en la playa. O para relajarme en *ninguna parte*. Nada en mi programación explicaba el protocolo para esta situación. ¿Qué hace un robot cuando el objetivo principal de una actividad es hacer nada? No estaba seguro. Pero era una pieza tecnológica altamente avanzada. Era sin duda capaz de aprender.

Así que permanecí sentado, permití que el tiempo pasara despacio.

Mi UnidadFamiliar hablaba sobre técnicas de instalación solar con la UnidadFamiliar de Ceeron.

SkD y su UnidadFamiliar corrían carreras arriba/abajo/arriba/abajo por una extensión de césped.

Emma lanzaba un disco plástico con su madre y su padre, cada cierto tiempo sus risas se oían por encima de las olas.

Miré el agua. Una vista impresionante. Azul hasta donde mis puertos visuales veían. Y más allá. Parecía continuar/continuar/continuar.

Por supuesto, sabía que era falso. El océano no era *literalmente* infinito. En algún momento, el océano terminaba en otra costa lejana. Pero aquella lógica desapareció mientras miraba el vasto cuerpo de agua. Y solo una palabra apareció en mi archivo de vocabulario.

Interminable.

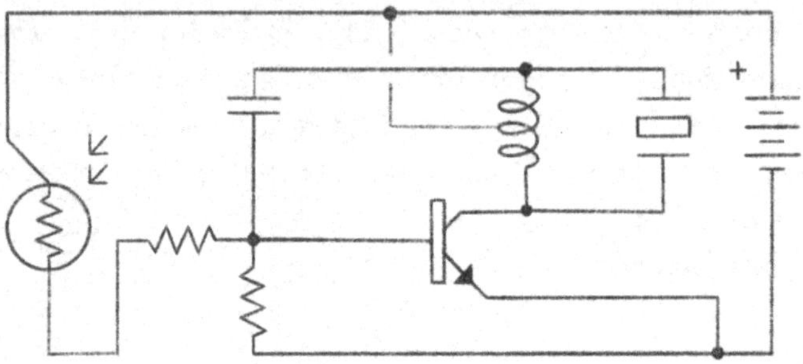

Agradecimientos

> **Agradecimientos.** *Sustantivo plural.* **1.** Sección al final de un libro que la mayoría de las personas nunca leen. **2.** La oportunidad del autor para darles las gracias a todos los que lo ayudaron. **3.** Reconocimiento de que el autor es solo uno de los muchos humanos que hicieron posible este libro.

Este libro comenzó en una acera en Maplewood, Nueva Jersey. Tenía bolsas con las compras en ambas manos. Auriculares en mis oídos. Los auriculares transmitían un podcast con una entrevista entre Ezra Klein y Yuval Noah Harari. Klein preguntó: «¿Cree que los humanos serán la forma de vida dominante en la Tierra dentro de 300 años?». La respuesta de Harari llegó sin dudar. «¡Claro que no!». Él predijo que los humanos destruirían el mundo o serían superados por nuestra propia creación: la tecnología.

Bueno, estuve a punto de soltar mis bolsas. En parte porque… *¡uf!* Pero no fue solo miedo lo que sentí en la acera. Fue inspiración. De inmediato, mi imaginación comenzó a crear un mundo futurista. Un mundo en el que los humanos habían sido reemplazados por su propia creación. Un mundo gobernado por robots.

Ese fue el día en que comencé a escribir *El último humano*.

Yuval Noah Harari ha escrito algunos libros maravillosos y sabios para adultos sobre el lugar de la humanidad en el mundo. *Sapiens* es sobre el pasado. *Homo Deus* es sobre el futuro. Pero ambos tratan en realidad sobre la actualidad. Y los dos fueron el motor intelectual de muchas de las ideas que llegaron a *El último humano*.

Pero también hubo muchos otros humanos que tuvieron un rol en hacer posible este libro. Y por ese motivo, me gustaría darles las gracias de corazón a:

—Sarah Barnes, quien ha sido la tecnología superinteligente de GPS que ha guiado mi carrera desde hace casi diez años. Estoy agradecido de tenerte como agente y como amiga.

—Logan Garrison Savits y Julia Eagleton, cuyas opiniones e ideas mejoraron este libro en sus comienzos.

—Will Roberts y Rebecca Gardner, por compartir *El último humano* con el resto del mundo.

—Maggie Lehrman, quien ha sido una defensora de este libro desde el Día[1]. Eres quien me ha hecho pensar en mayor profundidad sobre el mundo de *El último humano*: sobre los personajes, la sociedad robótica, el viaje. Eres estricta y alentadora y todo lo que podría desear en una editora.

—Jeff Campbell, por ir más allá de las tareas usuales de edición. Te comportaste como un verdadero friki con tus preguntas sobre robots y tus comentarios. Y eso era exactamente lo que el libro necesitaba.

—Todo el equipo de Abrams. Una buena editorial es una máquina sofisticada. En el centro hay un sistema operativo compuesto por personas inteligentes y comprometidas que trabajan mucho en cada aspecto de sus libros. No podría haber encontrado un hogar mejor para *El último humano*.

—Jason Richman, por tu generosidad, inteligencia e ingenuidad.

—Phil Lord, Chris Miller, Will Allegra y todos en Lord Miller, por todo vuestro esfuerzo para llevar *El último humano* a la pantalla.

—Los bibliotecarios, educadores, directivos y padres que disteis tanto de vosotros para compartir libros con los jóvenes. Cada vez que visito una escuela o una biblioteca, ¡me maravilla el trabajo que hacéis!

—Marie Matheson, por leer una versión inicial y contribuir con tu sabiduría digna de Google, y por traer autenticidad a la tecnología en estas páginas. ¡Y también por ser tan buena amiga!

—Mi familia por el mundo: California, Texas, Tennessee, Alemania; vuestro apoyo y amor son la base de todo lo demás.

—Mi UnidadFamiliar, Pariente_1 y Pariente_2 (también llamados Jamie y Terry), por escuchar mis historias raras y tontas mucho antes que nadie.

—Mi esposa, Eva Bacon. Mi primera lectora. Mi mejor crítica. La humana más increíble que he conocido.

Este libro está dedicado a mi hermano, Evan Bacon. Yo solo podía soñar con robots. Tú los construías. Tu inteligencia, tu humor y tu amistad siempre me inspirarán.

¿TE GUSTÓ ESTE LIBRO?

Escríbenos a

puck@edicionesurano.com

y cuéntanos tu opinión.

ESPAÑA /MundoPuck /Puck_Ed /Puck.Ed

LATINOAMÉRICA /PuckLatam

/PuckEditorial

¡Gracias por vivir otra #EXPERIENCIAPUCK!

PUCK